Stellae Poema Byzantina
비잔틴 성시
순·례·편

Stellae Poema Byzantina

비잔틴 성시

순·례·편

초판 1쇄 인쇄일 2014년 9월 18일
초판 1쇄 발행일 2014년 9월 22일

지은이 남영신
펴낸이 양옥매
디자인 이윤경
교 정 조준경

펴낸곳 도서출판 책과나무
출판등록 제2012-000376
주소 서울특별시 마포구 월드컵북로 44길 37 천지빌딩 3층
대표전화 02.372.1537 팩스 02.372.1538
이메일 booknamu2007@naver.com
홈페이지 www.booknamu.com
ISBN 979-11-85609-71-3 (03810)

이 도서의 국립중앙도서관 출판시도서목록(CIP)은 서지정보유통지원 시스템
홈페이지(http://seoji.nl.go.kr)와 국가자료공동목록시스템
(http://www.nl.go.kr/kolisnet)에서 이용하실 수 있습니다.
(CIP제어번호 : CIP2014026758)

*저작권법에 의해 보호를 받는 저작물이므로 저자와 출판사의 동의 없이 내용의 일부를
 인용하거나 발췌하는 것을 금합니다.
*파손된 책은 구입처에서 교환해 드립니다.

Stellae Poema Byzantina
비잔틴 성시
순·례·편

남영신 지음

여·명·편·줄·거·리

주인공 카카르는 북아프리카 카르타고의 그림자 길드 조직 일원이었다. 어느 날 '메렐레인'이란 이름의 고트족 여인을 암살하라는 의뢰를 받고 왕성에 잠입하지만, 오히려 그녀의 구출을 결심하고 탑에서 함께 뛰어내린다.
선술집 '하얀 한숨'으로 찾아온 반달왕 힐데리크는 카카르에게 메렐레인을 이탈리아 반도 북단에 위치한 라벤나로 데려가 줄 것을 부탁하고, 카카르는 고심 끝에 의뢰를 받아들인다.
반달 왕국 실세인 겔리메르의 포위망을 피하고자 한 카카르는 멀리 북아프리카 남부를 우회해 티로스에서 로마로 가는 배를 타기로 결정한다.
갤리선을 타고 북아프리카 해안을 따라 동쪽으로 항해하던 중 겔리메르의 수하인 스탄이 이끄는 반달 함대와 교전을 벌이고, 도중에 나타난 살인 고래 케투스의 습격을 받아 좌초될 위기에까지 내몰린다. 구사일생으로 살아나 사브라타 항에 입항하지만 항구 사람들은 반달족의 보복을 두려워한 나머지, 카카르 일행에 적개심을 품는다.
우여곡절 끝에 촌장 알비우스의 도움으로 무사히 사브라타를 빠져나온 일행은 다음 목적지인 렙티스 마그나로 향한다.

주·요·등·장·인·물

• **카카르** •

주인공. 카르타고 그림자 길드 소속으로 메렐레인의 암살을 의뢰 받지만 그녀의 탈출을 도우면서 뜻하지 않은 운명에 휘말린다.

• **메렐레인** •

이탈리아 동고트 왕국 출신. 카르타고의 겔리메르에 의해 억류되어 있었으나 카카르의 도움으로 탈출에 성공한다.

• **엘리사** •

메렐레인과 마찬가지로 출신이나 배경은 베일에 가려져 있다. 희로애락이 분명한 성격으로, 카카르와는 항상 티격태격한다.

• **월영(月影)** •

월광도를 휘두르는 동방 출신 검사. 일행에 합류하게 된 사연이 명확하진 않지만, 엘리사의 과거와 뭔가 연관이 있는 듯하다.

• 바르카 •

패니키아계 상인. 카카르에겐 친형 같은 존재로, 과거 실크로드를 누볐던 비단 상인 출신.

• 제노비아 •

무일푼이 된 카카르 일행에 사채를 빌려 주는 대가로 동행을 제안한다. 팔미라 여왕 제노비아와 동명이지만 본명은 아닌 듯하다.

• 로잔 •

자하르가 이끄는 베르베르족 기병대에 몸담고 있던 유대인 길잡이. 자하르의 권유로 카카르 일행에 합류하게 된다.

• 시구르손 •

'니오르드호'라는 이름의 하얀 범선을 이끄는 선장. 먼 북방 출신으로 제노비아와는 친분이 깊은 듯하다.

Contents

- 005 · 여명편 줄거리
- 006 · 주요등장인물

제1장

- 012 · 1절 눈먼 자의 도시
- 032 · 2절 편견의 대가
- 056 · 3절 춤추는 범부들
- 081 · 4절 폭풍 속으로

제2장

- ·108· 1절 제노비아
- ·135· 2절 시구르손
- ·157· 3절 성좌의 늑대
- ·183· 4절 갈림길에서

1장 1절
눈먼 자의 도시

사람들은 세상이 종말을 맞았다고 했다.

딱히 틀린 말은 아니었다. 북방의 침입을 막기 위해 로마는 리메스 장벽[1]을 쌓아 올렸지만, 장벽으론 아무것도 막지 못했다. 벽은 나약함이 만들어 내는 마음의 장애물일 뿐.

476년. 영원할 것만 같았던 로마제국이 무너졌다.

한때 제국이었던 땅은 야만족들이 점령했고, 동쪽의 강대한 적을 맞은 콘스탄티노플[2]의 형제들은 등을 돌렸다. 문명은 잔혹성 앞에 무력

---

1 로마제국의 국경선을 따라 목책, 보루 등으로 보강된 장성을 가리킨다.
2 지금의 터키 이스탄불. 비잔틴(동로마) 제국의 수도

하기만 했고, 죽음이 흔한 농담이 되어 버린 세상은 하루가 다르게 거칠어져 갔다.

나는 생각한다. 늙는다는 건 황폐해진다는 뜻이 아닐까? 그렇다면 이 황폐한 세상도 늙어 버린 걸까? 나는 반문한다. 시간의 낫 앞에 창조된 모든 것은 늙고, 베이고, 삼켜지지만, 잘려진 탯줄이 소멸을 의미하는 건 아니듯 어쩌면 우리들의 고통은 새로운 세상을 위해 허물어지는 구시대의 진통인건 아닐까?

오늘은 콘스탄티노플에서 쓰는 세계력을 기준으로 6,038년(서력 530년) 6월 어느 초여름 날이고, 우리는 목숨을 건 칼싸움으로 하루를 시작하고 있었다.

'콰직!' 하는 소리와 함께 선술집 나무벽체가 무너졌고, 동시에 바르카의 몸뚱이가 건물 바깥으로 튕겨져 나갔다. 병사 한 명이 그를 쫓아 바깥으로 나갔다.

우리는 식사 중이었고, 몇 명인지도 모를 적으로부터 포위되어 있었다. 전형적인 기습이었다.

나는 빵을 베어 문 채 방문을 힘껏 걷어찼다.

문이 열리자, 바닥에 피를 쏟으며 누워 있는 사람이 보였다. 주인장 하파엘이었다. 하복부가 뚫린 그는 틀렸다는 표정을 지으며 손가락으로 대문을 가리켰다. 여기저기서 칼 부딪치는 소리, 비명 소리가 들려왔다.

아비규환…….

마치 도축장에 들어온 것처럼 검붉은 피가 선술집 벽면을 따라 배어 있었다. 우왕좌왕하는 중에 또 다른 놈이 내 쪽으로 달려왔다. 나는 나무의자를 들고 도망치듯 문 밖으로 튀었다.

챙 —!

캉 —!

지면에 두어 바퀴를 구른 바르카가 상대의 글라디우스[3]를 겨우 받아 넘기고 있었다.

"카악, 퉤!"

가래침을 뱉으며 바르카가 신음소리를 냈다.

"끄응……. 뭐야! 이 로마 군복들은."

그는 상인이지만 검술에 능했다. 적어도 강도한테 죽을 위인은 아니었다. 하지만 불행히도 상대는 강도 따위가 아니었다. 독수리 휘장이 새겨진 갑옷에, 글라디우스를 좌우로 휘두르는 놈들은 영락없이 멸망한 구제국 병사들이었다. 이 시대착오적인 상황에 우린 어안이 벙벙했다.

번쩍!

내 쪽을 향해 내리 꽂히듯이 글라디우스가 날아왔고, 나는 반사적으로 나무의자를 들어 올렸다.

콰직!

의자가 두 동강 나고, 그 반동으로 나는 엉덩방아를 찧었다. 닭 볏 모양 투구를 쓴 흰 눈썹의 로마군 장교가 아쉬운 표정을 지으며 휘두른 글라디우스를 거둬들이고 있었다.

---

3 검신이 짧은 로마 병사의 검

"하하핫! 빗자루 머리 씨!"

나는 눈물을 뽑으며 뒤로 벌렁 나자빠졌다. 녀석은 비웃듯 입 꼬리를 올리며 뚜벅뚜벅 다가왔다.

나는 오른손으로 땅을 짚고 왼손을 잽싸게 내밀었다.

"이 자식들아, 이유는 알고 죽자!"

내 절규에도 아랑곳 않고 상대의 두 번째 글라디우스가 횡으로 날아왔다. 나는 고개를 뒤로 젖히며 찔끔 눈을 감았다. 죽진 않겠지만 손목 하나는 분명 날아갈 전개였다.

캉!

카캉!

경쾌한 금속 타격음이 서로 교차하는 소리가 났다.

나는 등골에 흐르는 땀방울을 느끼며 찔끔 감았던 실눈을 살짝 떴다. 손바닥을 향해 돌진한 '검'을 멈춰 세운 것은 '도'였다. 월영이 내민 은빛의 월광도였다. 존경스러웠다. 그는 역시 우리 일행의 믿는 구석이었다.

"칼은 칼로 막아야지. 주둥이로 막냐?"

월영의 중얼거리듯 낮게 깔리는 저음이 나를 조롱했다. 재수 없는 놈!

내가 뭔가 반박을 하기도 전에 월영의 반대편 손에 있던 월광도가 길게 호를 그리며 날아갔다.

탕—!

이번에는 로마군 장교가 방패로 막았다.

검술은 원래 단순하다. 일대일로 맞붙는 칼싸움의 경우는 더욱더 그러하다. 상대의 검과 맞부딪쳤을 때 더 무겁고, 더 길고, 더 빠른 검을 휘두르는 자가 이길 확률이 높다. 그런데, 월영의 경우는 달랐다. 그의 검은 힘 대 힘이라는 지금까지의 검술 통념에서 많이 벗어나 있었다.

그는 자신과 상대의 거리를 항상 일정 간격으로 유지하는 법을 알고 있었다. 상대가 검을 휘두를 때, 그는 항상 공격 범위 밖에 있었고, 느닷없이 간격을 좁히며 상대 깊숙이 두 자루의 검을 종횡으로 찔러 넣었다. 그런 검투를 가능케 한 것은 그의 빠른 발 때문이었다.

로마군 장교도 만만치 않았다. 그는 검을 등 뒤로 넘겨 크게 뻗어 들어오는 월영의 전진내려베기를 짧은 글라디우스와 방패를 이용해 모두 막아 내고 있었다.

잠시 숨을 고르며 서로 신경전이 이어지나 싶더니, 흰 눈썹의 사나이가 뒷걸음질 치기 시작했고 월영이 터벅터벅 쫓아갔다. 순간 월영의 양 옆으로 장창을 든 병사 두 명이 달려들었고 멀리서 난전이 벌어졌다.

"로마군이야! 로마군!"

엘리사가 숨을 헐떡이며 달려왔고, 메렐레인이 그 뒤를 이어 나타났다. 메렐레인은 군신의 활이 든 보자기를 가슴에 꼭 끌어안고 있었다.

"로마군일 리가 없잖아!"

나는 엘리사의 말에 콧방귀를 꼈다. 마지막 황제 로물루스가 권좌를 내려온 지 어언 반세기. 서로마는 망했다. 그럼 눈앞의 저 녀석들은 로마의 망령이라도 된단 말인가.

"카카르! 저놈들 어디서 나타난 거야?"

"낸들 아나!"

어쨌든 무조건 도망쳐야 했다. 이 자식들은 진짜로 우릴 죽일 작정이다.

"카카르, 어쩌죠?"

내 소매를 쥔 메렐레인의 손목이 떨리고 있었다.

숨을 몰아쉬는 메렐레인과 엘리사를 진정시키기 위해 무슨 말이라도 해야 했다. 나는 헛기침을 몇 번 한 후, 그녀의 팔목을 가볍게 토닥거렸다.

"제게 생각이 있어요. 맡겨 주세요."

나는 주위를 살폈다. 운이 좋은 건지, 아직 몽롱한 잠에 취한 새벽이었다. 뭉친 솜처럼 스멀스멀 올라온 물안개에 마을 전체가 잠겨 있었다.

나는 전방을 주시하며 말했다.

"새벽안개가 짙어요. 안개 속에선 추격이 쉽지 않죠. 마을 출구는 마구간 반대 방향이니 거기까지만 뛰면 돼요."

나는 용케 어젯밤 왔던 길을 기억하고 있었다. 월영이 병사 너덧 명을 달고 다니는 덕에 우리는 적들의 주의를 돌릴 수 있었고, 잠깐이지만 틈이 보였다.

잠시 망설이는 메렐레인을 향해 나는 살며시 웃어 보였다.

"음…… 알겠어요."

메렐레인이 조심스럽게 고개를 끄덕였다.

나는 안개 속을 노려보았다. 가시거리는 얼마 되지 않고, 이건 순전히 감으로 돌격해야 했다. 에라, 모르겠다.

"준비됐어요?"

"그럭저럭."

내가 손을 내밀자 메렐레인이 손을 포개었고, 고개를 끄덕이자 그녀도 고개를 끄덕였다.

"뛰어요!!!"

어스름한 새벽안개를 헤치고 우리는 무작정 달리기 시작했다.

헉! 헉! 나는 뛰면서 생각했다. 저놈들은 대체 뭐지? 현상금 사냥꾼들인가? 어떻게 알고……. 죽어 가는 하파엘의 일그러진 얼굴이 떠올랐다. 리타도 살해됐을 테지. 고타는 보이지도 않았다. 이 자식, 제발 살아만 있어라.

한참을 달린 우리는 마을 사거리로 나올 수 있었다. 내 기억에 여기서 왼쪽으로 꺾으면 출구였다. 사거리엔 교수대가 서 있었다. 그저께 교수대 꼭대기에 걸린 머리통을 보며 몸서리쳤던 일이 생각났다.

그때였다. 교수대 밑에서 부스럭거리는 소리가 났다. 순간 움찔한 나는 허리춤의 단도를 뽑았다. 상대도 움찔 놀라 뒤로 물러났다. 순간 상대의 발밑으로 동전 떨어지는 소리가 들렸다. 나는 한발 앞으로 다가섰다. 상대는 손에 쥔 동전을 몇 개 더 떨어뜨렸다.

내가 한발 더 다가서자, 상대는 손에 쥔 주머니를 아예 놓아 버렸다. 주머니 속에서 와르르 동전이 쏟아져 나왔다. 상대는 사시나무 떨 듯이 바들거리고 있었고, 나는 그가 누군지 단번에 알아보았다.

그는 '유렌'이라는 이름의 소년이었다.

그때 별안간 머리를 스치는 하나의 생각이 나를 사로잡았다.

배신……. 그것은 배신이었다. 세상에서 가장 추악하다고 생각하는 단어 중 하나였다. 스멀거리는 뭔가가 내 머릿속에 자라기 시작했다. 그것은 구더기처럼 머릿속을 기어 다니며 영혼을 좀먹는다. 그것은 배신당한 자의 분노였다.

"유렌! 이 교활한 새끼!"

내 고함소리에 놀라 소년이 도망치기 시작했다. 이끌리듯 나도 그 뒤를 쫓았다.

"카카르! 안 돼!"

메렐레인이 소리쳤지만, 열기로 가득한 내 머릿속은 이미 뭔가에 사로잡혀 그 어떤 외침도 귀에 들어오지 않았다.

소년은 어느 허름한 건물로 뛰어 들어갔다. 뒤쫓아 간 나는 발바닥으로 문짝을 후려친 뒤 건물 안으로 들어갔다.

얼마나 지났을까! 마치 시간이 정지된 듯했다.

집 안은 매음굴처럼 어둡고 칙칙했으며 메케한 냄새가 사방에 가득했다.

나는 석상처럼 굳은 채 서 있었다. 움켜쥔 단도가 파르르 떨렸다. 그 단도 밑으로 핏방울이 떨어졌다. 핏방울이 떨어진 바닥에…… 소년이 뒹굴고 있었다. 소년의 어미로 보이는 여자도 뒹굴고 있었다. 그녀는 산발한 머리에 해골처럼 바싹 마른 광녀의 얼굴을 하고 있었다. 소년이 가져다준 것처럼 보이는 약봉지가 보였다.

뒤에서 발자국 소리가 다가왔다. 이어 메렐레인이 절규와, 엘리사의 울먹이는 소리가 이어졌다.

나는 힘없이 단도를 떨어뜨렸다.

"주…….죽일 생각은 없었어. 여자가…….'

혼잣말처럼 입에서 맴돌던 말은 끝을 맺지 못했다. 술 취한 사람처럼 다리가 후들거려 왔다.

그때 누군가가 내 어깨를 슬며시 끌었다.

"지금은 가자."

나는 천천히 고개를 돌렸다. 바르카였다. 어깨에 피를 흘리고 있는 그는 가쁜 숨을 몰아쉬고 있었다.

"여자가…… 덤벼서…… 막다가……."

"알았다니까. 네 잘못 아니야. 그러니 지금은 가자."

바르카는 바닥에 떨어진 단도를 주워 내 허리춤에 채워 줬다.

"형……."

바르카가 고개를 끄덕여 보이자, 내 얼굴은 심하게 일그러졌다.

"운 좋게 놈들을 따돌렸어. 곧 추격해 올 거야. 빨리!"

뒤쫓아 온 월영이 문간에서 다급하게 소리쳤다.

바르카의 말대로 지금은 가야 한다. 여기서 죽을 순 없었다.

우리는 황급히 건물을 빠져나와 마을 출구로 달렸다. 짐은 잃어버렸다. 월영이 몰고 온 낙타 한 마리에 딸린 짐이 전부였다. 그래도 다행인 것은 고타가 살아 돌아왔다는 사실이다. 뒷간에서 용변을 보는 동안 화를 면한 것이었다.

오에아[4]를 빠져나온 우리는 추격을 따돌리기 위해 렙티스 마그나[5] 방향인 동쪽이 아니라 남쪽으로 향했다.

추슬추슬 비마저 내리고 있었다.

나는 그날…… 처음으로 사람을 죽였다. 그것도 둘씩이나. 그것도 어린애와 그 어미를. 다 내 잘못이다. 오에아엔 들어오는 게 아니었다.

---

4 현재의 트리폴리로 리비아의 수도
5 트리폴리 동쪽 120㎞ 지점에 위치한 리비아의 고대 도시

나흘 전.

우리는 카르타고 남동쪽 해안의 하드루메툼[6]을 끼고 돌아 사브라타에서 북쪽 해안을 향해 약 이백리를 더 올라간 끝에 항구도시 오에아에 도착했다. 목적지인 렙티스 마그나까지 갈 길이 바빴지만, 일단 오에아에서 짐을 풀기로 했다.

거친 사막의 모래 바람 속을 헤매는 동안 우리는 크고 작은 전투에 휘말려야 했다. 노상강도들과 맞닥뜨렸고, 스탄이 보낸 자객들의 추적에도 시달렸다. 우리가 지쳐 있었던 건 맞다. 하지만 오에아 숙박에는 그보다 더 큰 이유가 있었다. 나는 술이 심하게 고팠고, 갖은 이유를 대서 일행을 설득시키지 않을 수 없었다.

마을에 들어선 후 사람의 이목을 피해 묵을 곳을 찾던 우리 앞에 때마침 한 소년이 나타났다. 깡마른 체구의 그 소년은 사람이 붐비는 거리에서 흔히 볼 수 있는 그렇고 그런 종류의 삐끼였다. 예로부터 삐끼와 창녀는 필요악이라 했던가. 살짝 등쳐 먹힐 걸 알면서도 우리는 녀석을 따라갔다.

녀석의 이름은 유렌이었다. 흙먼지가 눌어붙은 까치머리가 지저분해 보였지만, 녀석은 밝은 금발에 다소 건방져 보이는 파란 눈을 가진, 나름대로 미소년의 얼굴을 한 놈이었다. 나는 녀석이 처음부터 마음에 썩 들지 않았다. 메렐레인을 훔쳐보는 놈의 눈깔이 맘에 들지 않았고, 놈의 말에 가끔씩 빵 터지는 메렐레인이 마음에 들지 않았다.

날은 어두워졌고, 유렌은 우리를 마을 큰길가에 있는 선술집으로 안

---

6 현재의 튀니지 수스주의 주도

내했다. 사거리를 지날 때 교수대 몇 개가 보였다. 저마다 머리통이 한 개씩 걸려 있는 끔찍한 모습이었다.

도착한 곳은 '잠자는 암소'라는 이름의 선술집으로, 여관을 겸하고 있었다. 여느 선술집이 그렇듯이 마을 중심가에 있었고, 작은 채소밭이 딸려 있었으며, 들일을 마친 농부나 떠돌이 상인이 맥주를 마시기 위해 모여들었다.

"하파엘 아저씨! 손님이요."

낡은 나무 테이블로 우리를 안내한 유렌은 덥수룩한 수염에 무뚝뚝한 표정을 한 주인장에게 눈인사를 건넸다.

물 컵을 닦고 있던 하파엘이란 이름의 주인장은 한참 동안 말없이 우리를 훑어보더니만 짜증 섞인 목소리로 유렌을 나무랐다.

"이방인은 안 된다고 했잖아!"

"헤헤."

유렌은 머리를 긁적이며 웃을 뿐이었다.

한참동안 소년을 노려보던 하파엘은 한숨을 쉬고는 닦고 있던 물 컵을 내려놓았다. 주머니에서 동전 한 닢을 꺼내 손가락에 끼더니,

"이번 한 번만이야!"

하고 동전을 튕겼다. 튕겨진 동전이 유렌을 향해 날아갔고, 먹이를 낚아챈 소년은 강아지 꼬리처럼 손을 흔들며 문 밖 어둠 속으로 사라졌다. 소년이 사라지자 내려놓은 물 컵을 다시 닦으면서 하파엘이 말했다.

"무례를 범했군요. 선술집이란 데가 결국엔 사람이 모이는 데고, 돌아가는 세상 풍문만 들리는 건 아니니까."

무뚝뚝한 표정이 사라진 하파엘은 수북한 턱수염이 멋진 중년의 사나

이었다. 세월의 무게가 느껴지는 미소를 띤 채 하파엘이 말을 이었다.

"관헌에선 행여 작당 모의나 하지 않을까 의심하기 마련이고, 특히 이방인이 출입하면 주인장으로선 영주님께 보고해야 할 의무가 있기에……. 내 말 무슨 뜻인지 아시겠죠?"

민중 봉기는 술집에서 시작된다고 했던가. 나는 어느 웅변가의 말이 생각나서 피식 웃었다. 주인장이 시선을 돌리자, 나는 딴전을 피웠다.

"문제를 일으키지 않겠다고 약속할게요."

일행을 대표해서 메렐레인이 공손한 어투로 대답했다. 우리는 일제히 고개를 아래위로 끄덕였다. 만족스런 답변을 들었다는 뜻인지 주인장이 빗자루를 든 여자를 향해 소리쳤다.

"리타! 손님들에게 맥주랑 말린 청어 한 접시씩 내드려!"

흑발에 까무잡잡한 피부를 한 여급은 허벅지에 탁탁 손바닥을 턴 후 부엌으로 들어갔다.

흠……. 사실 나는 청어를 별로 좋아하진 않았다. 하지만 선택의 여지가 없었다. 이 시대의 선술집은 제국 시절처럼 사정이 좋진 않았기 때문이다. 사정이 더 좋지 않은 지역에선 주문할 수 있는 권리가 손님에겐 없었고 주는 대로 먹어야 했다. 수요에 비해 공급이 턱없이 부족한 세상이니까.

여급 리타가 생선 접시와 맥주 컵을 내왔다. 염소젖으로 만든 치즈도 섞여 있었다. 바르카가 맥주 컵을 들어 올리며 한쪽 눈을 깜빡이자 여자가 얼굴을 붉혔다. 하여튼 저 자식은…….

나와 고타, 엘리사는 약속이나 한 듯 일제히 음식을 날름거리기 시작했다. 참으로 조화로운 혓바닥이었다.

"그래, 어디서 오셨소?"

호기심 어린 눈빛으로 하파엘이 물었다.

"알렉산드리아!"

"카르타고!"

"티로스!"

나와 고타, 엘리사가 동시에 입을 열었다. 젠장 맞게도 우리 셋의 머리는 전혀 조화롭지 못했다. 미리 입을 맞춰 놨어야 했는데. 하파엘의 눈빛이 호기심에서 의심으로 바뀌었다. 위기였다. 이런 위기를 타파한 사람은 역시 언변 좋은 바르카였다.

"우리는 카라반[7]입니다. 시작도 끝도 없는 바람 같은 사람들이지요. 물건만 팔 수 있으면 카르타고도 좋고, 티로스도 좋고. 핫하하하!"

바르카의 과장된 웃음을 배경으로 우리는 어색한 미소를 지어 보였다.

"아, 그렇군요!"

하파엘은 이해했다는 듯이 너털웃음을 지었다.

선술집은 세상의 온갖 정보가 모이는 곳이고, 주인장은 그 정보력의 정점에 있는 사람이다. 당연히 질문은 그의 직업병일 수밖에 없다. 하파엘의 질문 공세가 이어질 건 불 보듯 뻔했다. 그래서 나는 화제를 약간 돌리기로 했다.

"오는 길에 교수대가 있던데요?"

"아, 그거."

하파엘은 그런 질문이 나올 줄 알았다는 표정으로 히죽 웃으며 말

---

7 대상. 사막을 건너는 원거리 무역상인

했다.

"아타나시우스[8] 교파 이단자들의 목이죠."

"아타나시우스라면……."

"예, 맞아요. 정통 기독교인 정교파로 현 제국이 밀고 있죠."

현 제국이라면 콘스탄티노플의 비잔틴 제국을 뜻한다. 정통이니 이단이니, 결국 종교 싸움 이야기였다. 나도 기독교 파벌 싸움은 귀동냥으로 들어 어느 정도 알고는 있었다. 신성론이니, 인성론이니, 단성론이니……. 에휴! 단순한 걸 좋아하는 나로서는 기독교의 복잡한 교리와 당파 싸움이 당췌 이해가 되질 않았다. 뭐, 헤르메스를 따르는 나로서는 별로 관여할 일도 아니었지만.

나는 맥주 컵을 들어 한 모금 주욱 들이켰다. 쓴 맛이 영 취향에 맞지 않았다. 카르타고의 동령산 곡주가 그리웠다.

하파엘이 다시 말을 이었다.

"뭐, 그리스도가 신이냐 사람이냐 하는 얘기는 사람들 모이면 허구한 날 꺼내는 얘기고, 종교 때문에 사람 죽어 나가는 것도 어제 오늘 일이 아니지만, 이번 건 좀 심하다는 느낌이 드는군요. 문제는……."

"문제는?"

나는 약간의 호기심이 발동했다. 하파엘이 음성을 좀 낮췄기 때문이다. 그는 주위를 한번 쓱 둘러보더니만 뭔가 중요한 정보라도 줄것처럼 눈빛을 번뜩였다.

---

[8] 기독교 공인 후 갈린 대표적인 두 파벌 중 하나. 325년 니케아 공의회를 통해 파문당한 반삼위일체론의 아리우스파와 달리 삼위일체론을 신봉하는 아타나시우스파는 정설로 공인되어 오늘날까지 살아남았다.

"돌아가는 게 심상치가 않아요. 정교도들에 대해 카르타고의 반달족이 대대적인 탄압을 시작했다는군요."

나는 그때 메렐레인의 나지막한 신음소리를 들었다. 그녀는 고개를 떨구고 있었다. 짐작이 갔다. 카르타고의 힐데리크 왕은 반달인으로 아리우스파[9]였지만 정교에 우호적이었다.

정교 탄압이 시작됐다는 건 권좌가 바뀌었다는 뜻이고, 그 주인은 분명 겔리메르일 것이다. 왕의 생사는 알 길이 없었다. 나는 메렐레인이 자신을 책망하진 않을까 걱정이 됐다.

하파엘의 표정이 조금씩 심각해져 갔다.

"여기서 트리폴리스[10] 세 도시의 입장이 관건인데. 제국은 멀리 떨어져 있고, 반달군은 잔인하죠. 정교도의 목을 베어 도시 입구에 걸었다는 건 우리 영주님이 반달 편을 들었다는 거고, 사브라타나 렙티스마그나 쪽도 넘어갈 건 불 보듯 뻔한 일. 문제는……."

대충 이해가 갔다. 하파엘이 결국 말하려는 게 뭔지 알 수 있었다. 나는 청어 대가리를 베어 물고는 중얼거렸다.

"문제는 콘스탄티노플이 이런 상황을 좌시하진 않을 거란 거겠죠."

"그거예요!"

---

9 반삼위일체론으로 현재의 여호와 증인과 교리가 비슷하다. 예수는 다른 피조물처럼 창조되었을 뿐 완전한 신은 아니며 세상의 구원을 위해 신에게 선택 받은 일종의 반인반신으로 보는 입장. 니케아 공의회에서 이단으로 규정된 후 로마 제국 내에서는 그 세를 잃었으나 게르만족들 사이에 널리 퍼지게 된다. 이후 정교파와 아리우스파의 대립은 동로마 황제 유스티니아누스가 성전(聖戰)을 일으키는 계기가 된다.

10 고대엔 사브라타, 오에아, 렙티스 마그나 이렇게 3개의 도시를 묶어 '트리폴리스'라 불렀다.

하파엘이 맞장구를 쳤다.
이건 단순히 종교 싸움이 아니었다. 서로마는 망했지만 콘스탄티노플의 동로마 제국은 여전히 제국 영토의 반을 지배하고 있었다. 그동안 제국은 동쪽 페르시아와의 기나긴 전란 때문에 서로마 땅에 대한 이민족들의 지배권을 묵인하고 있었다. 그러나 카르타고에 이어 트리폴리스의 세 도시에 아리우스교가 퍼지면 얘기가 달라진다. 그것은 이프리키야 땅에서 제국의 영향력이 약해진다는 뜻이다. 게다가 바로 옆의 알렉산드리아까지 위험해진다. 알렉산드리아는 제국에 있어 젖줄과도 같은 곳. 이건 제국의 존망이 걸린 문제였다. 반달군은 제국에 반기를 든 것이나 마찬가지였다.
"조만간 전쟁이 일어날지도 모르겠군요!"
그때까지 잠자코 있던 바르카가 긴 대화에 종지부를 찍었고, 하파엘이 고개를 끄덕였다.
우리 일행은 말없이 여급 리카가 따라 주는 맥주만 들이킬 뿐이었다. 나는 전쟁이란 말에 실감이 나질 않았다. 난세이긴 해도 나라와 나라가 맞붙는 대규모 전쟁을 나는 아직 겪어 본 일이 없었다. 이프리키야 땅이 쑥대밭이 될지, 황금 도시 콘스탄티노플이 우리 땅이 될지는 아무도 모를 일이었다.
역시 열쇠를 쥐고 있는 건 알렉산드리아인가?
티로스까지의 행로에 알렉산드리아는 꼭 거쳐야 할 곳이었다. 어쨌든 역사의 무게추가 어느 쪽으로 기울지 알렉산드리아에 가 보면 알 수 있을 터였다.
우리는 침소에 들기 전에 하파엘로부터 몇 가지 정보를 더 들었다.

그것은 오에아의 서로마군 출몰 소문이었다. 야밤에 서로마 군복을 입은 병사들이 영주의 성으로 들어갔다는 둥, 영주가 이들을 고용했다는 둥 입소문이 돌았다. 그런데 한 가지 이상한 점이 있었다. 그것은 로마 9군단에 관한 뜬금없는 얘기였다.

"9군단이라면 그 옛날 카이사르가 창설했다는 그 용의 군단 말이야?"

엘리사가 눈을 크게 뜨며 들뜬 목소리로 말했다.

"하하, 사기꾼들 수법이네. 혼란한 시기에 유명세 빌려 돈 좀 벌어보자는 수작 아냐. 그냥 잠이나 자자"

바르카는 손을 휘저으며 웃어 넘겼다.

소문은 원래 없던 날개까지 다는 법이다. 그 옛날 한때 무적의 군단으로 불렸다가 카이사르의 이프리키야 전쟁 후 기록에서 사라졌고, 이젠 전설로만 회자되던 군대가 지금에서야 갑자기 나타날 리는 없다. 물론 서로마군 복장을 했다고 해서 그들이 9군단이라는 소리는 더더욱 허무맹랑한 얘기고.

하지만 왠지 나는 찜찜한 느낌을 지울 수가 없었다. 뭔가 알 수 없는 일이 가까운 미래에 똬리를 틀고 있는 듯한 그런 불길한 느낌말이다.

그날 저녁이었다. 꿈결처럼 들리는 어떤 목소리에 잠을 깼다. 목소리는 때로는 속삭임처럼, 때로는 킥킥거리는 웃음소리처럼 귓가를 맴돌았다. 덕분에 나는 좀처럼 다시 잠을 이룰 수가 없었다.

나는 졸린 눈을 부빗거리며 자리에서 일어났다. 소리는 위쪽에서 들렸다. 나는 불청객들을 눈으로 확인할 참이었다.

삐걱삐걱 소리를 내며 낡은 나무 계단을 따라 2층으로 올라갔다. 여관 2층엔 하늘이 뻥 뚫린 테라스가 있었다. 나는 곧 거기서 테라스 판

자 위에 걸터앉은 남녀를 발견했다. 메렐레인과…… 제길! 유렌이었다. 유렌은…….

다음 순간, 나는 내 눈을 의심했다. 그녀의 손길을 뒷머리에 느끼며, 속삭이는 듯한 그녀의 자장가를 들으며, 유렌은…… 메렐레인의 치마에 얼굴을 파묻고 있었다.

인기척을 느낀 메렐레인이 나를 보더니 손을 흔들어 보였다. 유렌도 얼굴을 들어 내 쪽을 봤다.

"이것 봐요. 독수리 인장이에요. 유렌이 줬어요."

메렐레인은 들뜬 목소리로 자랑하듯 말했다.

나는 대꾸하지 않고 몇 걸음 앞으로 다가갔다.

"카카르…….."

그녀를 외면한 체 나는 유렌을 쏘아보았다. 시선을 고정시킨 채 가라앉은 목소리로 말했다.

"그녀에게 무슨 짓이야!"

유렌은 나를 빤히 쳐다보다 대답 대신 입 꼬리를 살짝 올렸다.

"이 자식이…….."

얼굴이 달아오르기 시작하고 마른 침이 목구멍으로 넘어갔다.

그때 메렐레인이 헛기침을 두어 번 했다.

"미안해요, 카카르. 잠을 깨웠네요. 아이가 좀처럼 잠들지 못하는 거 같아서 내가 잠시……."

"아이라고 하기엔 좀 큰데요. 메렐레인."

"……?"

그녀는 조금 어이가 없다는 표정을 지었다.

나는 유렌에게서 시선을 풀지 않은 채 말을 계속했다.
"너들 같은 부류를 세상이 왜 눈감아 주는지 아니?"
"……."
"적어도 욕심은 안 부리니까."
"……."
"뒹굴 곳을 잘 보고 살아! 삐끼면 삐끼답게, 창녀면 창녀답게. 응? 동정 좀 받았다고 심하게 착각하면 안 되지."
"카카르! 말이 심하네요."
"아니요. 음지에 길들여진 놈들을 메렐레인이 잘 몰라서 그래요. 이런 족속은 사람 등치는 걸 업으로 사는 놈들이니까."
딱!
아얏!
유렌이 내 정강이뼈를 냅다 걷어찬 후였다. 못으로 찌르는 듯한 고통에 눈물이 날 지경이었다.
"지옥에나 가 버렷!"
하고 쌍욕을 내뱉은 유렌이 내 얼굴에 침을 뱉었다. 그러고는 획 돌아서 쏜살같이 달아나 버리는 것이다. 이런 우라질 놈을…….
나는 녀석을 쫓아가려 했지만 그럴 수 없었다. 메렐레인이 팔목을 붙잡았기 때문이다.
그녀의 초록빛 눈동자가 요동치고 있었다.
"유렌은 그런 아이가 아녜요."
"어떻게 증명할 수 있죠?"
"당신을 보면 알 수 있죠."

"……."

"당신도 같은 부류 아니던가요? 사람을 베고, 돈을 받고, 또 다른 사냥감을 찾아 어둠 속을 배회하고. 하지만 나는 당신을……."

나는 팔목을 쥔 메렐레인의 손을 조용히 풀었다. 왠지 힘이 죽 빠졌다. 힘 빠진 목소리로 나는 중얼거렸다.

"적어도 나는!"

깊은 한숨이 폐에 가득 찼다. 목소리가 가라앉아 잘 나오지도 않았다.

"적어도 나는 내 본분은 알아요."

"……."

"그늘에서 나가는 건 생각해 본 적 없어요. 앞으로도 그럴 거고요."

"카카르!"

나는 메렐레인을 등진 채 발걸음을 옮겼다. 조금 걷다 멈춰 선 후 허탈한 음성으로 중얼거렸다.

"그리고 나는 함부로 살인을 하진 않습니다."

나는 계단을 내려와 기어가듯 침소로 들어가 누웠다. 한꺼번에 피로가 몰려왔다. 여러 가지 생각이 머릿속을 떠다녔고, 꿈인지 생신지 모를 밤이 길게 흘러갔다.

그리고 동이 틀 무렵…….

나는 멀리서 저벅저벅 다가오는 군화 소리를 어렴풋이 들을 수 있었다. 그것은 파국을 알리는 소리였다.

1장 2절
편견의 대가

"그는 나의 목자시니 내게 부족함이 없으리로다.
나를 푸른 초장에 뉘이시며 쉴만한 물가로 인도하시도다.
헛되고 헛되니 모든 것이 헛되도다.
모든 육체는 풀과 같고 그 영광은 풀의 꽃과 같으니, 풀은 마르고 꽃은 시드나 오직 그의 말씀은 세세토록 있도다."

기도 소리가 들려왔다. 그것은 자꾸만 땅 속으로 가라앉는 의식을 희미하게, 때로는 또렷하게, 필사적으로 붙들고 있었다.
나는 바닥에 엎드린 채 눈꺼풀을 슬그머니 열었다.
타닥타닥 소리를 내며 모닥불이 타들어가고 있었다. 모닥불 주위는 회색 음영처럼 칙칙하고 황량한 사막의 모래 바다. 우리는 난파선의 잔해처럼 이리저리 흩어져 있었다. 어둠이 밀려왔다 밀려나갔다.

나는 피로에 절어 시체처럼 축 늘어진 육신을 모포 위로 걷어 올렸다. 먼저 고개가 올라오고, 다음으로 어깨가 올라오자, 등이며 허리가 늙은 고목나무처럼 지면에서 뿌리째 뽑혀 올라왔다.

휴―

폐 안에 고인 한숨이 구토처럼 쏟아져 나왔다.

흐릿한 눈으로 더듬듯이 사방을 훑어보았다. 동료들은 저마다 그림자를 길게 늘어뜨리며, 텅 빈 눈을 한 채, 고개를 숙이고 아무렇게나 걸터앉아 있었다.

엘리사는 두 팔로 감싼 무릎 속에 얼굴을 밀어 넣고 있었고, 바르카는 낙타를 안은 채 히죽거리고 있었으며, 고타는 선인장을 안은 채 꿈틀거리고 있었다.

"키리에 엘레이손 노비스쿰 데우스
키리에 엘레이손 노비스쿰 데우스
주여, 우리를 긍휼히 여기사 항상 함께하여 주소서."

나는 속삭이는 듯한 라틴어 기도문에 이끌려 다시 고개를 돌렸다.

비몽과 사몽 간의 경계는 아직 희미했다. 사방은 어두웠다. 어둠은 북쪽 바다처럼 깊고 차가웠다. 기도 소리만이 그 깊이를 알 수 없는 바다 같은 어둠 속을 채우고 있었다. 그 어둠 속에서 어스름한 별빛을 등진 채 무릎 꿇은 여인이 양손을 모으고 등대처럼 꼿꼿이 홀로 어둠에 맞서고 있었다. 메렐레인이었다.

 나는 그런 그녀가 낯설었다. 낮에 서릿발처럼 차가운 눈으로 바라보던 그녀가 떠올랐다.

 유렌이 그렇게 죽고, 우리는 오에아를 빠져나와 정처 없이 걷고 있었다. 그녀는 내게 말했다.
 "그때 항구에서 당신이 내게 한 말 기억하세요?"
 나는 대답하지 않았다.
 "신을 달래기 위해 양의 목을 땄더라면, 우리가 등을 돌렸을 거라고."
 그녀는 잠시 숨을 고르더니 말을 이었다.
 "사람이 등을 돌리는 신은 더 이상 신이 아니라고."
 기억이 났다. 히포자리투스에서 출항하던 날이었다. 순풍을 빌기 위해 새끼양의 엉덩이를 따서 바다에 뿌린 일이 있었다.
 "그거 아세요? 그때 당신이 얼마나 빛나 보였는지."
 "……."
 "당신은, 깨어 있는 사람 같았어요. 적어도 자신이 하고 있는 일에 대해 이해하려고 노력하는, 편견 따위에 사로잡히지 않은 그런 사람."
 "메렐레인."
 햇살이 어지러웠다. 그녀는 찌푸린 미간 위로 손바닥을 들어 올리며 말했다.
 "이해하면 결국 사랑하게 되나니 그는 선한 목자로다. 후후, 세상엔 가려진 채 묻히는 진실이 많아요."
 경전에나 나올 법한 구절을 읊으며 그녀는 씁쓸한 웃음을 지었다. 나는 가슴이 조금씩 답답해져 왔다.

"저는 편견이 악이라고 생각해요. 당신은 유렌을 이해하려고 하지 않았어요."

편견이 악이면 날더러 악마라는 것인가! 오, 메렐레인 당신이 내게 이럴 수 있나? 나는 참지 못하고 버럭 소리를 질렀다.

"녀석은 우릴 팔아 넘겼어요!"

"팔아 넘겼는지 아닌지, 당신이 어떻게 알죠?"

마치 사람을 심문하는 듯한 그녀의 메마른 목소리가 야속하기 그지없었다.

나는 가던 길을 멈췄다.

"당신도 봤잖아요? 그 자식 발밑에 떨어진 동전 주머니를. 아닌가요?"

그녀 또한 발걸음을 멈추었다. 천천히 돌아선 그녀는 일그러진 눈동자를 하고 있었다. 슬픔이 가득한 눈동자였다.

"그 동전 주머니……. 내가 준 거예요."

"……!"

그녀의 볼을 타고 슬픔과 분노가 길게 방울져 떨어지고 있었.

내 몸은 어느새 화석처럼 굳어버렸고, 몇 번 휘청거리다 중심을 잃고는 그대로 땅바닥에 무릎을 꺾어 버렸다.

"편견의 대가는 평생 당신이 짊어져야 할 짐으로 남겠군요."

그녀가 남긴 그 말 한마디가 메아리처럼 귓전에 맴돌았다.

휘이잉 —

차가운 밤바람에 정신이 다시 들었다. 고개를 돌린 메렐레인의 진홍색 머릿결이 흐트러졌다. 머리카락 사이로 그녀의 시선과 잠시 마주쳤다.

'왜 그래요? 카카르!'

하고 미소 지을 것만 같은 그녀. 그러나 그건 내 헛된 착각이었을 뿐. 이내 시선을 외면한 그녀의 표정은 얼음장처럼 싸늘했다.

나는 그녀를 비켜 지나 사막의 바람이 불어오는 어둠 속 너머 먼발치를 응시했다.

어둠 속 저 너머, 이프리키야의 완만하게 굽이치는 푸른 초원은 동쪽으로 끝없이 뻗어 있을 터였다. 그 끝에는 레반트가 자리한 약속의 땅. 그곳은 누군가로부터의 성지였고, 꿈이었으며, 이젠 차갑게 식어 버린 여행의 이유이기도 했다.

나는 과연 그곳에서 무엇과 조우하게 될까?

어쨌든, 여행은 계속됐다.

나는 정오의 역광을 받으며 일행의 선두에 서서 걷고 있었다. 아라비아산 단봉낙타 한 마리가 내 뒤를 따랐다. 오에아를 빠져 나올 때 월영이 끌고 온 암회색 낙타였다. 선한 눈망울에 속눈썹이 유난히 긴 놈이었는데, 우리는 '오프리스'라는 그럴싸한 이름을 붙였다. '오프리스'는 그리스어로 '눈썹'이라는 뜻이었다.

뒷사람과의 거리는 제법 길었다. 갈수록 그 거리는 조금씩 벌어지고 있었다. 마치 무언가로부터 도망치려는 듯이 나는 홀로 걸음을 옮겼다.

메렐레인은 그 사건 이후로 내게 시선을 거의 주지 않았다. 길이 이어질수록 나는 땅바닥을 쳐다보는 일이 많아졌다.

휑하니 귓전을 스치는 바람이 조롱 소리처럼 들렸다.

"나는 살고 싶었다. 나는 살고 싶었다. 그런데 네가 끝장 낸 거야."
죽은 소년의 음성이 사방에서 들려왔다. 나는 귀를 틀어막았다.
"카카르!"
모래흙 사이로 올라오는 열기가 원귀의 손아귀처럼 발목을 움켜잡으려 했다. 나는 눈도 틀어막았다.
"카카르!"
그러나 쓸데없는 짓이었다. 눈과 귀를 가리니 내가 만든 어둠 속에서 자꾸만 악몽이 되살아났다.
뒤에서 누군가 헉헉거리는 소리가 들려왔다. 헉헉거리는 소리는 뒤통수에 바짝 다가와서는 이내 씩씩거리는 소리로 바뀌었다.
"야, 카카르! 헉!헉!"
뒤돌아 봤다. 바르카였다.
딱!
정수리에 충격이 느껴졌다.
"이 정신 나간 놈! 지금 어디로 가는 거야?"
"응?"
"응이 아니고 도대체 혼자 어디 가냐고!"
무리에서 이탈한 염소새끼처럼 나는 일행으로부터 떨어져 나와 홀로 거닐고 있었다. 동료들은 저만치 떨어져서 필사적으로 나와의 거리를 좁혀 오고 있었다.

나는 주위를 한번 쓰윽 둘러보았다. 여긴 어딘가? 원래 가고자 했던 길과는 엉뚱한 방향으로 온 게 분명했다. 지표로 삼을 만한 바다는 더 이상 보이지 않았다. 적의 추적을 따돌리기 위해 남쪽으로 방향을 잡긴 했지만, 너무 생각 없이 움직였다.

"그만해."

"뭘?"

"보기 싫다고!"

"그니까 뭘?"

"이 자식이!"

바르카는 팔꿈치를 동그랗게 말더니, 내 모가지를 쑤욱 하고 그 속에 집어넣었다. 다시 말해, 목을 졸랐다.

'헙 —' 하는 기합소리와 함께 바르카가 팔꿈치에 힘을 줬다.

"씨앙! 우리 다정하게 대화 좀 할까."

그대로 바르카가 달리기 시작했다. 모가지가 박힌 채로 나도 엉거주춤 달리기 시작했다. 오래전 일이 생각났다. 어린 시절. 내가 막 나가던 시절. 막힌 가슴 뻥 뚫릴까 앞으로만 내닫던 시절에, 형은 지금처럼 가끔씩 내 모가지를 붙들어 주곤 했었다.

"짐은 낙타 한 마리에 싫은 게 전부고, 물도 곧 바닥난다. 좀 있으면 모래 구덩이에 처박혀 기도나 하겠지. 그래 어차피 뒈질 거, 우리 좀 솔직해져 보자. 네 번민의 정체가 뭐냐? 죄책감이냐? 아니면, 잃어버린 저 여자의 환심이냐?"

나는 순간 기가 찼다. 실수로 사람을 죽였다. 그래서 미안하다. 너무 미안해서 죽을 것만 같다. 근데 이 형이라는 자식은 네 양심의 정체가 뭐냐고 묻고 있었다.

"뭔 말이 하고 싶냐?"

나는 손바닥으로 팔을 힘껏 밀었지만, 생각보다 조임이 강했다. 바르카의 팔꿈치에 힘이 들어갔다.

"죄책감이면 지금 당장 왔던 길로 되돌아가. 저 여자 환심이면 더더욱 왔던 길로 되돌아가. 가서 되돌려 봐. 네 잘난 헤르메스 신께 기도라도 해서 되돌려 보라고!"

나는 욱하고 치밀어 올랐다.

"안 되는 거 알잖아! 뭔 개풀 뜯어 먹는 소리야?"

바르카의 팔꿈치에 아까보다 더 힘이 들어갔다.

"그래, 말 잘했다. 너 지금 얼마나 꼴이 우스운지 아냐? 그래, 어린 놈 하나 죽였다. 양심에 졸라 먹구름 끼겠지. 근데 내 눈엔 너도 어리긴 마찬가지야. 지금이 도대체 양심이 한가로이 개풀 뜯어 먹는 시대냐? 응? 양심에 정신 털릴 거면, 뭐 하러 도적이 됐냐? 수도원에나 들어갈 것이지."

나는 한 대 후려갈길 심산으로 고개를 빼려고 안간힘을 썼다. 하지만 발버둥 칠수록 바르카는 더 강하게 고삐를 죄고 있었다. 나는 악다문 어금니에 힘을 실었다.

"이거 놔! 도적은 양심에 가책도 못 느끼냐? 죽여 버리겠어. 놔!"

"누구한테 보여 줄 양심인데? 저 여자한테? 아님 우리한테? 혼자 방황을 하든 지랄을 하든 관여하지 않으마. 근데 네 그 지랄에 죄 없는 우리 다섯 명은 모가지를 걸어야 하거든. 왜! 네가 끌어들인 모험이고, 넌 길잡이니까."

"……."

"네가 잘못된 선택을 한 건 별로 유감스럽지 않아. 하지만 나약함에 빠져 이런 데서 인생을 낭비하는 건 심히 유감이네."

"……."

바르카는 조였던 팔목을 스르르 풀더니 한숨을 쉬며 말했다.

"난 첨부터 저 여자 맘에 안 들었어."

"메렐레인은 잘못 없어"

"못난 놈, 감싸기는."

"……."

"뭐, 좋아. 어쨌든 엎지른 물에 코 박지 말자고. 중요한 건 앞으로 어떻게……."

퍽!

나는 대답 대신 바르카의 턱을 한 방 걷어 올렸다. 그가 저만치 나가떨어졌다.

"아프잖아! 빙신."

나는 손을 내밀지 않았다. 그는 훌훌 털고 일어나 내 뒤를 따를 페니키아인이란 걸 내가 알기 때문이다.

그의 말이 옳았다. 오에아에서 나는 질투에 눈먼 자였다. 그리고 편견의 대가는 잔혹했다. 당분간은 잔혹한 인간으로 남기로 했다. 나는 길잡이. 인도되는 자를 위한 의무에서 자유로울 수 없었다. 그렇게 생각하니, 아까보다는 기분이 한결 나아졌다.

나는 손을 주머니에 푹 찔러 넣고는 터벅터벅 뒤처진 일행 쪽으로 걸어갔다.

우리가 멈춰 선 것은 모래사막을 빠져나온 직후였다.

해는 이미 떨어져 있었다. 우리는 횃불에 의지해 밤길을 더듬었고,

잘린 바위들이 그루터기처럼 흩어져 있는 관목림 사이를 막 지나고 있을 때였다.

선두에 선 나는 걸음을 멈췄다. 아까부터 느낌이 좀 이상했는데, 발밑에 뭔가가 있었다.

"뭐야? 왜 그래?"

"쉿!"

나는 손바닥을 치켜들고는 주위를 한번 쓰윽 둘러보았다. 그리고는 다시 한 번 발 밑에다 횃불을 갖다 댔다.

"발자국?"

엘리사가 대수롭지 않다는 듯 말했다.

그랬다. 발자국이었다. 그런데 사람 발자국이 아니라 말발굽 자국이었다.

"뭐지?"

"추격대인가?"

"수가 많아. 추격대는 아닌 것 같은데."

"그럼 반달군인가?"

불안감이 엄습해 왔다. 우리는 오그린 채로 사방을 이리저리 둘러보았다. 평원은 뻥 뚫려 있었다. 몸을 숨길 곳은 어디에도 없었다.

그때 누군가 내 몸을 옆으로 홱 제쳤고, 나는 저만치 나가떨어졌다. 보나 마나 월영이었다. 나는 허리춤에 찬 단도를 움켜잡았다.

월영은 쪼그리고 앉아 잠시 동안 바닥을 내려다보고 있었고, 나는 녀석의 뒤로 살금살금 다가갔다.

"유목민……."

월영이 메마른 목소리로 중얼거렸다.

"편자 자국은 아니군. 초원을 달리는 조랑말들은 발바닥에 편자를 박지 않아."

나는 하마터면 단도를 떨어트릴 뻔했다. 무릎이 휘청거렸다.

"휴 – 다행이다."

엘리사가 안도하는 소리가 들렸다.

다행이라니, 장난하냐?

"모두 횃불 꺼!"

바르카가 다급하게 외쳤다.

"왜? 뭔 일인데? 유목민이라잖아. 읍!"

나는 엘리사의 입을 틀어막고는 들고 있던 횃불을 모래땅에 쑤셔 박았다.

주변은 쥐 죽은 듯이 조용했다. 목덜미에 땀이 차오르기 시작했다.

"발자국 간격으로 봐서 아마 놈들의 척후대일거야. 주력도 분명 멀지 않은 곳에 있어."

"까짓 거 한판 붙어 보지, 뭐."

고타의 말에 월영의 눈이 무섭게 번뜩였다.

"얼빠진 놈! 대가리나 숙이고 있어. 정수리에 화살 박히기 전에."

그렇게 말하고 월영은 재빨리 근처 언덕으로 올라갔다. 시야 확보를 위해서였다.

"저기, 카카르! 유목민들이 그렇게 위험한 거야?"

겁에 질린 엘리사의 눈동자는 왕방울만 했다.

나는 고개를 끄덕였다.

"유목민이 위험한 게 아냐. 베르베르인[11]이 그렇다는 거지."

"베르베르?"

로마인들은 아프리키야 사막의 떠돌이 백성들을 '베르베르인'이라 불렀다. '베르베르인'은 '문명 밖에 있는 자'라는 뜻이며, 문명인의 입장에서 보면 도적떼나 다름없었다.

세상엔 유목민들이 많다. 고트족이 그렇고, 반달족이 그렇고 심지어 다키아족[12], 트라키아족[13], 헤룰리족[14] 등등. 어쩌면 로마제국 방어선 밖에서 살아온 사람들은 모두 유목민일지 모르겠다.

하지만 그들에겐 공통점이 있었다. 방목을 하고, 풀을 뜯고, 떠나고 싶을 때 떠나고 돌아오고 싶을 때 돌아올 수 있는 것. 그것은 '자유'였다. 무엇 하나 뺏기지 않을 자유.

하지만 베르베르인의 경우엔 달랐다.

"고향을 뺏긴 사람들이지. 우리 같은 이방인들에게."

나는 엘리사의 귀에 속삭이듯 말했다.

예전에는 페니키아인이, 그리고 로마인이, 지금은 반달인이 통치하고는 있지만, 이곳 이프리키야 땅의 원래 주인은 베르베르인이었다. 웃기는 일이다. 로마인은 그들을 도적이라 불렀지만, 실상은 자신들이 도적인 셈이다.

저 어둠 속에서 우리를 노려보는 자들이 있다면, 그리고 그들이 고향

---

11 나일 강 서쪽 북아프리카 토착인. 현재의 알제리, 모로코 지역에 해당
12 고대 루마니아인
13 고대 불가리아인
14 스칸디나비아에서 남하한 게르만족 일파 중 하나

을 뺏긴 채 떠돌아다니는 베르베르족 전사들이라면, 우리는 엿 된 거다.

"괜찮을까?"

잡은 소매를 통해 엘리사의 두려움이 전해져 왔다.

"괜찮을 거야!"

나는 엘리사의 손등을 가볍게 두드렸다. 그녀에게 한 말이지만 사실 반은 나 자신한테 한 말이기도 했다.

마음속 불안감은 바위 그루터기 사이를 막 빠져나온 순간, 한 사나이의 등장과 함께 눈앞에 현실화되었다.

저편 어둠 속에서, 말이 내쉬는 거친 숨소리가 들려 왔고, 다음으로 철커덕 철커덕 칼집이 등자에 부딪치는 소리가 났다. 그 소리는 점점 확실하게 다가오고 있었다.

"왔다!"

우리는 각자의 칼집에 손을 가져갔다. 온몸의 털이 곤두서고 꿀꺽 꿀꺽 마른 침이 넘어갔다. 우리는 맹수를 만난 사냥감처럼 몸을 가눌 수가 없었다.

말을 탄 사내는 어둠 속에서 유령처럼 모습을 드러냈다. 까무잡잡한 피부에 기름과 흙먼지가 앉아 더 검게 보이는 얼굴을 한 매서운 눈빛의 사내가 하얀 이를 번뜩이고 있었다.

"한 놈이 아냐."

월영의 직감이 적중했다. 우리들 주위로 수많은 그림자가 에워싸고 있었다. 서늘한 죽음의 냉기가 사방에 가득했다.

누군가 횃불을 붙였고, 주위가 일시에 밝아졌다.

"유목민이다!"

울음에 가까운 비명 소리가 났다. 옆에서 털썩 털썩 주저앉는 소리가 들렸다.

우리는 무장한 베르베르족 기병대에 둘러싸여 있었다.

"어, 어, 어떡하냐! 카카르."

고타가 사시나무 떨 듯 말을 더듬었다. 하지만 나라고 뾰족한 수가. 그냥 필사적으로 머리를 굴릴 수밖에 없었다.

덜그럭 덜그럭 —

처음에 나타났던 매의 눈빛을 한 사내가 몇 걸음 앞으로 나왔다.

월영의 손이 등에 맨 칼집으로 향할 찰나, 나는 손바닥을 들어 제지했다. 아무리 검술에 능해도 월영 혼자서 사막의 기마대를 상대하는 건 무리였다.

"말해 봐라! 내가 너희들을 살려 줘야 하는 이유를."

살기를 띤 음울한 목소리가 묻고 있었다.

스핑크스 앞에 오이디푸스인가. 쓴웃음이 흘렀다. 그냥 죽이면 재미없으니 적당히 수수께끼 하나 내고 빌빌 거리면 하나, 그다음에 또 하나, 이렇게 목을 베겠다는 것인가.

나는 쓰윽 하고 곁눈질로 주위를 둘러봤다. 베르베르족 기마대는 족히 백여 명이 넘어 보였고, 신월도와 올가미 등으로 무장하고 있었다. 이미 저항도, 도망도, 무의미한 상황이었다.

유목민은 두 살배기 때부터 활을 쏘고, 말을 타고, 사냥을 한다. 단지 살아남기 위해 사투를 벌이는 척박한 환경이 그들을 어린 시절부터 최고의 사냥꾼으로 만든다. 그들 앞에 우리는 한낮 사냥감일 뿐. 그들은 제국군이나 페르시아군처럼 질서 정연하게 진영을 짜는 일에는 관심이 없다. 산개해 있는 듯하다가도 뭉쳐있고, 도망치는 듯하다가도 어느새 상대의 목덜미를 베고 지나가는 그들이 그처럼 위험하게 느껴지는 까닭은 예측하기가 힘들다는 점이다. 사막의 모래바람처럼 말이다.

"이방인이여! 이유가 없다면 그 목숨 거두마."

사내가 초승달처럼 생긴 신월도에 손을 가져갔다. 말 위에서 내리치면 목과 어깨가 분리될 만한 크기였다.

"우린 이방인이 아니오!"

수수께끼를 풀기 위해 일단 나는 운을 그렇게 뗐다. 선택의 여지 따윈 없었다. 내가 오이디푸스가 될지, 몸통 분리된 시체가 될지. 운명은 손가락 하나 크기의 이 세 치 혓바닥에 달린 것이었다.

"호오! 이방인이 아니면?"

흥미롭다는 듯 사내의 눈에서 기묘한 광채가 빛났다. 그는 신월도의 그립[15]을 탁탁 치며 이쪽을 내려다보고 있었다.

"어쩌려고?"

바르카가 기어들어가는 목소리로 속삭였다. '그냥 고통 없이 뒈질걸, 괜히 나서 가죽이라도 벗긴다면 네가 책임질래?' 하는 그런 눈빛이었다.

나는 무시하고 터벅터벅 걸어갔다. 낙타에 맨 등짐을 더듬기 위해서였다. 등짐에는 내가 찾고자 하는 게 없었다. 나는 뒤를 돌아 몇 걸음을 더 걸었다. 걸음이 멈춘 곳에 메렐레인이 있었다.

"……?"

그녀가 공허한 시선으로 나를 빤히 쳐다보고 있었다.

---

15   칼의 손잡이

나는 눈을 질끈 감았다. 양 손을 쭉 뻗어 그녀의 허리를 잡았다.

"뭐하는 짓이얏!"

엘리사가 날카로운 이빨로 내 허벅지를 물었다.

"저 자식 기어이 미쳤군!"

"임마! 그냥 곱게 죽자."

절망에 사로잡힌 동료들이 저마다 혀를 찼지만 나는 하던 일을 계속했다. 메렐레인은 미동도 하지 않았다. 경멸감 가득한 눈빛으로 노려보기만 할 뿐.

어쨌든 나는 그리 어렵지 않게 원하던 것을 손에 넣을 수 있었고, 엘리사에게 엉덩이를 물린 채로 베르베르인 사내 앞으로 걸어갔다.

"무엇이냐?"

사내가 치아를 드러내며 비웃듯이 물었다.

스핑크스의 수수께끼를 풀 시간이었다. 나는 손에 든 것을 보이며 최대한 당당하게 물음에 답했다.

"내 이름은 카카르 세겐. 훈족 특사이며, 이것은 베자이아[16] 왕의 인장이오!"

손에 쥔 것은 일전에 메렐레인이 유렌에게서 선물 받은 독수리 모양의 인장이었고, 베자이아는 베르베르족의 잃어버린 고향 땅이기도 했다. 나는 둘을 교묘하게 엮어 뻥을 칠 생각이었다.

사내는 잠시 동안 그것을 물끄러미 쳐다보았다. 곧 상어 같은 입을 열어 옆을 지키던 무사에게 명했다.

---

16 현재의 알제리 북동부에 위치한 베르베르인의 도시

"카이쥬! 가져오라."

말에서 내린 무사가 내게로 다가왔다. 터번을 눌러써서 잘 보이진 않았지만, 서늘한 빛을 발하는 눈동자에 전체적으로 다부져 보이는 인상의 젊은이였다.

무사로부터 인장을 건네받은 사내는 물건을 유심코 들여다봤다. 이윽고 무거운 침묵이 흘렀다.

"그 옛날 로마 황제가 베자이아 왕에게 건넨 것이오!"

나는 긴 침묵에 그럴듯한 양념을 쳤다.

물건은 그럴싸해 보였다. 거창한 옛이야기가 진실인지 어떨지, 그 인장이 진짜 그렇고 그런 것인지, 무식한 유목민들이 알 턱이 없었다.

또다시 무거운 침묵이 흘렀다.

잠시 후 사내가 입을 뗐다.

"훈족의 나라는 오래전에 망해 흩어졌다. 특사라니 당치 않다."

나는 숨을 고르기 위해 눈을 감았다. 떨림을 진정시키고 나아가 당당함으로 승화시키는 건 여간 어려운 일이 아니었다. 낮이었다면 비 오듯 쏟아지는 땀방울을 상대가 눈치 못 챌 리 없었다. 밤인 게 정말 다행이었다.

나는 눈을 뜨고 차분하게 입을 열었다.

"맞는 말이오. 우리는 로마제국에 패해 나라를 잃었소. 그대들처럼."

순간 주위가 술렁거렸다. 나는 베르베르족의 가장 민감한 부분을 건드렸다. 평소 같으면 도끼가 날아와도 놀랄 게 없었다.

"음……."

사내가 공감인지 반감인지 알 수 없는 표정으로 나를 응시했다.

나는 하던 말을 계속했다.

"그대들은 긍지 높은 사막의 전사들이오. 우리 또한 그렇소. 세상은 혼탁하고 정의롭지 못하오. 제국은 예전의 힘을 잃었소. 이제 우린 빼앗긴 것을 되찾을 것이오. 그대들 또한 그러리라 믿소. 하지만 혼자서 할 수 있는 대업이란 없소. 우리는 이방인이 아닌 함께할 동맹으로서 이 땅을 밟은 것이오!"

주위가 또다시 술렁였다. 이번에는 확실히 느낄 수 있었다. 그것은 유목민들에게 있어선 공감의 미소였고, 동료들에게 있어선 안도의 한숨이었다.

내가 이렇게 연설을 잘했나? 칼보다 무서운 게 인간의 혓바닥이라고, 칼은 못한 운명을 혓바닥은 바꿔 놓고 있었다. 참 웃기는 일이다.

어쨌든 스핑크스가 낸 수수께끼가 풀리고 있었다. 나는 수수께끼의 해답에 방점을 찍기로 했다.

"그 옛날 카탈루우눔 전투에서 반달족은 우릴 배신했소. 놈들은 이제 그대들의 땅에서 주인 행세를 하고 있소. 적의 적은 친구라 하지 않는가. 우리가 형제가 되지 못할 이유가 어디 있겠소!"

응? 볼을 타고 뭔가가 주르륵 흘러내렸다.

완벽한 거짓말은 진심이 들어가야 완성될 수 있다는 걸 그때 처음 알았다. 내 눈물이 그걸 증명하고 있었다. 진실과 거짓은 따지고 보면 한 몸이 아닐까.

사내가 말 등에서 내렸고, 내 쪽을 향해 천천히 걸음을 옮겼다. 기마족답게 지면을 걷는 모습이 꽤나 부자연스러웠다.

사내가 손을 내밀었다.

나도 손을 잡아 화답했다. 그 거친 손이 생명줄처럼 느껴지는 순간이었다.

사내가 호탕하게 웃자, 베르베르족 전사들도 따라 웃기 시작했다. 물론 우리도 이에 질세라 미친 듯이 웃어댔다.

"훈족이 하나, 둘……. 자네는?"

사내의 손가락이 나와 월영을 지나 바르카에게로 향했다.

"페니키아인입니다."

형이 가볍게 고개를 숙였다.

"하하하. 페니키아인이라. 이거 재밌군. 그래, 카르타고라도 되찾을 셈인가? 껄껄."

사내의 시선이 고타를 지나 엘리사, 그리고 메렐레인에게서 멈춰 섰다. 나는 속으로 올 것이 왔다고 생각했다.

"이 여자는……."

사내는 미묘한 표정으로 메렐레인을 응시했다.

무리도 아니었다. 엘리사는 어떻게 해보겠지만 메렐레인은 한눈에 보기에도 황량한 모래벌판에서 우연히 마주칠 외모는 아니었다. 그리고 저 진홍색 머리.

"당신들. 조합이 어째 이상하군!"

중얼거리는 사내의 고개가 갸우뚱하고 돌아갔다.

사내는 더듬는 듯한 시선으로 메렐레인을 아래위를 훑었다. 일순간 긴장감이 돌았다. 나는 태연한 표정으로 위기를 넘겨야 했다.

"동맹의 징표는 비단 언약만은 아닙니다. 때론 인장 같은 물건일 수도 있고, 때로는……."

"사람이라고 예외는 아니란 말이군."

"그렇습니다."

"예를 들면 교환 가치가 있는 포로라든가, 뭐 그런?"

사내의 음성은 어느새 음흉하게 허기져 있었다.

다음은 무슨 말을 해야 할지 머릿속이 하얗게 뜨기 시작했다. 사내가 색을 밝히고, 아니 이 유목민 나부랭이들이 며칠씩 굶어 도저히 통제가 안 될 욕구로 가득 차 있다면, 그래서 내게 뭔가 해서는 안 될 요구라도 한다면, 이건 도저히 혓바닥으로 해결될 문제가 아니었다.

미묘한 침묵이 잠시 흘렀다.

나는 어쨌든 답을 해야 했다. 입 밖으로 힘겹게 꺼낸 다음 한마디는 도박에 가까웠다.

"원하신다면."

나는 시선을 돌렸다. 시선은 고타를 지나, 체념에 가까운 눈동자를 한 메렐레인을 지나, 겁에 질린 엘리사 앞에서 머뭇거리다 멈춰 섰다. 엘리사가 죽일 듯한 표정으로 나를 노려보고 있었다.

그래, 이건 아니었다. 빌어먹을!

내 손가락이 단도를 찬 허리춤으로 부들부들 기어갔다. 단도가 뽑히면, 바르카가 소리칠 테고, 곧 월영이 날아오르겠지. 그것으로 끝인 것이다. 하하핫. 제길!

그때였다.

"푸하하하. 오해 마시오!"

사내가 웃음보를 터뜨렸다. 그의 음성은 다시 호방하게 변해 있었다.

"우리에게 필요한 건 전사요. 여자는 필요 없소"

사내는 주먹으로 내 왼쪽 가슴을 가볍게 두들기고는 등을 돌렸다. 말 등에 뛰어오른 그는 재밌다는 듯 치아를 반쯤 드러냈다.

"경국지색인가. 하하하!"

알 수 없는 웃음이었다. 말고삐를 부여잡은 사내는 마지막으로 몇 마디 덧붙였다.

"인장 말일세. 그건 베자이아 왕이 아니라 서로마군의 것이군. 들리는 소문으로는 옛 제국의 잔존병들이 반달족과 손을 잡았다는군."

나는 덜컥 내려앉는 충격을 받았다. 이 자식…….눈치채고 있었나? 하지만 걱정하지 않아도 될 거 같긴 했다. 사내의 눈에 살기 같은 건 없었다. 죽일 생각이었으면 진작 했을 것이다.

"아무튼 그걸 뺏었다는 건 적어도 반달족 첩자는 아니라는 얘기군."

"아, 예? 예!"

내 등신 같은 대답에 내가 다 부끄러울 지경이었다.

"어쨌든 자네 말이 맞네. 적의 적은 친구니까."

"……."

나는 아무 말도 할 수가 없었다.

"다행으로 여기라. 우리는 그 옛날 카탈라우눔 전투에서 훈족의 편에 섰다. 인장은 선물로 받겠다. 답례로 우리도 선물 하나 하지."

사나이는 누군가랑 몇 마디를 주고받았고, 파란색 터번을 머리에 감은 남자가 우리 쪽으로 넘어왔다. 로잔이란 이름의 청년이었다.

히이잉 —

사내가 힘껏 고삐를 당기자 베르베르족 군마가 앞발을 들어 올렸다.

"기억하라! 내 이름은 자하르. 사막의 백성을 이끄는 자다."

흙먼지가 일었다. 말발굽 소리가 땅을 울리며, 베르베르족 전사들이 썰물이 빠져나가듯 어둠 저편으로 사라지고 있었다. 그리고 썰물이 빠져나간 자리는 다시 밤의 정적으로 채워졌다.

나는 맥이 풀려 한동안 자리를 뜨지 못했다.

바르카와 월영이 한차례씩 내 등을 두들긴 후에야 정신이 돌아왔다.

나는 오프리스의 등에 염소 가죽을 덮은 후 나뭇가지로 엮은 안장을 올렸다. 메렐레인이 가벼운 목례를 했다. 목례로 화답하자, 그녀가 머뭇머뭇 몇 마디 하려다 돌아섰다.

뒤통수에 불타는 듯한 시선이 느껴져 고개를 돌렸다. 엘리사였다.

"탈래?"

엘리사는 대답 대신 내 정강이를 사정없이 걷어찼다.

"무슨 짓이얏!"

"몰라서 물어?"

그녀는 붉으락푸르락한 얼굴로 나를 쏘아보며 말했다. 설마 이 녀석, 내가 진짜로 야만족에게 자신을 팔아넘기려 했다고 생각하는 것일까.

"이봐! 오해야. 아깐 위기를 모면하려고."

"듣기 싫어!"

엘리사는 말을 섞으려고 하지 않았다. 미간 주름을 잔뜩 만들며 엘리사가 얼굴을 가까이 들이 밀었다.

"너, 금화 좋아하지?"

"뭐?"

"금화와 신뢰의 공통점이 뭔지 알아?"

오, 이런! 수수께끼는 이제 사절이다. 머리가 지끈거려 온다고. 이

노랑머리야! 나는 어처구니없는 표정을 지었다.

엘리사는 상관없다는 듯 제 입으로 답을 주었다.

"얻기는 힘들어도, 잃는 건 무지 쉽다는 점이지."

남의 염장을 지른 소녀는 대꾸할 틈도 안주고 고개를 획 돌려 메렐레인 쪽으로 뛰어가 버렸다.

메렐레인이 물끄러미 이쪽을 쳐다보고 있었다.

"휴—."

나는 그냥 등짐이나 쌌다. 완전 최악이군!

고개를 절레절레 흔들고 있자니, 누군가 내 등을 두들겼다. 월영이었다. 그는 무표정한 얼굴로 서 있었다.

나는 '왜? 뭐?' 하는 표정을 지었다.

뭔가 날아오나 싶었는데, 월영은 그냥 고개를 한 번 끄덕이고는 지나갔다. 나는 알 수 있었다. 그건 바르카가 주먹으로 가볍게 내 가슴을 두들기는 것과 같은 의미였다.

저 녀석……. 마음이 한결 가벼워지는 것 같았다.

"자, 이동하자!"

바르카가 출발 신호를 보냈다.

멀리 새벽별의 빛을 받아 희미하게 지평선이 열리고 있었다.

나는 생각했다. 의도야 어쨌든, 이번 일련의 사건을 거치며 나는 친애하는 고객 둘의 신뢰를 완전히 잃어버린 듯했다. 인정하기 싫지만 아직 길잡이로서 나는 함량 미달이었다. 우리에게 정작 중요한 건 '어디로 갈 것인지'보다, '어떻게 갈 것인가'였다.

바르카는 기본적으로 상인이었고, 나와 고타는 잠행에 능한 로그지

한낮에 검을 맞부딪치는 전사는 아니었다. 따지고 보면 제대로 된 전사는 월영 한 명. 그의 실력이 아무리 출중하다 한들 홀로 일행의 방패가 되기엔 역부족이었다. 또한 길잡이가 누구냐에 따라 적대 세력이 우호 세력으로 바뀌기도 하는 법이다.

  제대로 된 길잡이가 꼭 필요했다. 그런 점에서 자하르가 선물로 남긴 로잔은 유능한 길잡이였다. 비록 그의 봉사를 받는 데는 하루 은화 두 닢이라는 비싼 대가가 필요했지만 말이다.

1장 3절
춤추는 범부들

　로잔은 키가 작았지만 까무잡잡한 피부에 영민해 보이는 갈색 눈을 가졌다. 길을 걷는 동안 로잔은 시종 미소 띤 얼굴로 얘기를 했다.
　"약탈자들은 어디에든 몸을 숨기고 있죠. 수풀 속에도, 바위나 나무 뒤에도, 심지어 모래더미 속에서도, 핏발 선 눈으로 여행자를 응시합니다. 그러다 갑자기 공격하는 거예요. 여행자는 영혼까지 탈탈 털린 채 버려지죠."
　마치 재밌는 옛날 얘기라도 듣는 듯 모두들 귀를 쫑긋 세우고 있었다.
　"그래서 법과 질서가 선 시대에는 도로 주요 지점에 경비병이 배치되고 성채도 축조되었죠. 저기 저것처럼요."
　로잔이 가리키는 손가락을 따라 우리는 반쯤 부서져 폐허가 된 빈터를 지나치고 있었다. 로마 시대의 성채였다.

"야밤에 횃불 켜는 건 조심해야 해요. 불빛에 이끌리는 게 비단 나방 떼만은 아니니까. 야적 떼일 수도 있고. 그래서 여행은 웬만하면 낮에 끝내야 합니다. 밤에 불 켜고 이동하는 건 '나 여기 있으니까 와서 잡수쇼' 하는 거나 마찬가지죠."

어젯밤 일을 빗댄 것일까. 왠지 나 들으라고 한 말 같아서 얼굴이 화끈거렸다. 그걸 눈치챘는지 바르카가 헛기침을 하며 화제를 돌렸다.

"그래, 그쪽도 사막의 백성인가?"

로잔은 긍정인지 부정인지 모를 웃음을 지었다.

"페니키아인이거나 아니면 레반트[17] 쪽?"

큰 눈망울을 초롱거리며 엘리사까지 끼어들었다. 잠시 뜸을 들이던 로잔이 담담하게 물음에 답했다.

"유대인입니다."

반쯤은 조심스럽고, 반쯤은 당당한 듯한 그런 미묘한 표정이었다.

우리는 순간 머쓱해졌다.

"아……."

"오……."

짧은 감탄사 외에 우리가 더 할 말은 없었다.

유대인은, 적어도 그리스도교가 지배하는 세계에서 환영 받을 만한 이름은 아니었다. 예수는 유대인들에게 학대당하고 유대인들에게 체포되어 로마법에 따라 처형되었다. 예수의 가르침에 따르면 믿음만 가지

---

17 현재의 팔레스타인과 시리아 부근.

면 누구든지 천국에 갈 자격이 있었다.

하지만 유대인들의 생각은 달랐다. 그들은 예수의 가르침을 정면으로 부정했다. 천국이란 믿는 자가 가는 곳이 아니라 선택 받은 자가 가는 곳이다. 그리고 그 선택 받은 자는 오로지 유대 민족뿐이라 했다. 그들에겐 법도 필요 없었다. 율법만이 그들이 지켜야 할 전부였으며 왕의 법, 황제의 법 따윈 아무래도 좋았다. 로마제국시절부터 시작된 유대인 박해의 역사는 이렇듯 유별난 그들의 선민의식 때문이었다.

물론 유대인만이 선민의식을 가진 것은 아니었다. 그리스인이 그랬고, 로마인 또한 그랬다. 문제는 그들이 나라 없이 떠도는 이방인이라는 데 있었다. 자신의 고향을 침범 당한 사람들은 어디서 굴러먹다 온 지도 모를 그 잘난 유대인들에게 호의적일 리가 없었다.

"그런데 자하르 군대에는 어떻게?"

메렐레인이 어느덧 로잔의 옆을 걸으며 말했다.

"직업이죠. 사람들을 안내하는 게 제 일이니까요. 트리폴리타니아에서 알렉산드리아를 지나 동쪽 칼데아[18]로 이어진 루트는 생각보다 길죠. 금액만 맞으면 순례자든 용병이든 뭐든 가리진 않는답니다."

자신보다 키가 큰 메렐레인을 올려다보며 내뱉는 그의 말투는 비교적 친절하고 상세했지만 다소 사무적이기도 했다. 훗날 알게 되었지만, 로잔은 이 지역을 오가는 순례자나 용병들 사이에선 꽤나 알려진 길잡이였다.

---

18 셈족이 다스리는 메소포타미아 남부 지역으로 옛 바빌로니아 땅. 현재의 이라크 지역에 해당된다.

"유대인은 돈만 되면 뭐든 한다던데. 사채에, 염에, 심지어 살인까지."

언제 나오나 했는데, 아니나 다를까. 고타의 돌직구가 날아왔다. 동료들이 경악스런 표정으로 고타의 생뚱맞은 얼굴을 번갈아 쏘아보고 있었다.

이런 경우, 일반적으로 상대의 반응은 두 가지다. 그게 사실이 아니라면 그는 분노할 테고, 그게 사실이라면 변명을 늘어놓거나 비굴해질 것이다. 하지만 로잔은 어느 경우도 아니었다. 로잔은 고타의 여과 없는 직담을 가볍게 웃어넘기며 말했다.

"뭐, 절반은 맞는 말입니다. 약간의 오해만 제외하면요."

다들 헛기침을 쿨럭거렸다.

엘리사의 눈썹이 휙 하고 올라가더니,

"그래도 도적이 할 말은 아니지."

하고 고타의 엉덩이를 냅다 걷어찼다.

도적이라······.그녀들의 머릿속에 자리한 우리들의 이미지는 기껏 그런 것이구나. 가슴에 가벼운 쥐가 나는 느낌이 들었다.

"혹시 결혼들 하셨는지요?"

로잔이 쓰윽 하고 우리들을 훑듯이 쳐다보며 물었다. 우리는 어깨를 들썩였다. 그는 맞바람에 풀어진 푸른 터번을 이마에 다시 감으며 미소 지었다.

"사람이 자기 일에 감사하는 것보다 나은 것이 없나니 이는 그의 분복이라."

뭔 소린가 했는데, 성서에 나오는 구절이었다. 물론 메렐레인의 언급이 있었다.

"농부든 노예든 장사치기든 여호와의 영광을 위해서 하면 거룩한 것이 아닐까요. 자식을 낳고 기르다 보니 자연히 신의 영광이 뭔지 알게 되더군요. 돈 버는 일에 귀천은 없다고 생각해요. 살인만 아니라면."

갑자기 엘리사가 휘둥그레진 눈으로 고함치듯 말했다.

"로잔! 설마······."

유부남?

그도 그럴 것이 로잔의 동그란 눈과 비교적 작은 키는 안 그래도 동안인 얼굴을 더욱 소년처럼 보이게 만들었다.

"응? 응?"

엘리사의 계속되는 추궁에 로잔은 할 수 없다는 듯 빙그레 웃으며 주머니에서 뭔가를 꺼냈다. 그것은 작은 초상화가 그려진 펜던트였다.

"와 — 예쁘다!"

엘리사가 로잔의 팔짱까지 끼며 촐랑대기 시작했다. 펜던트가 예쁘다는 건지, 초상화가 예쁘다는 건지.

우리는 어느덧 각자 모가지를 쭈욱 빼고는 로잔의 어깨너머를 훔쳐보기 시작했다.

"아내를 꼭 닮았답니다."

로잔은 쑥스러운 듯 손으로 머리를 헝클었다. 그의 손바닥에 펼쳐든 초상은 어린 소녀였다. 필경 딸인 듯싶었다. 두툼한 눈두덩과 갈색 눈이 로잔을 닮아 보였다. 누가 그렸는지는 모르지만 장인의 솜씨가 분명했다.

"오옷! 귀요미!"

"흠······."

결국 바르카와 고타까지 끼어들었다.
"아내는요? 뭐하는 사람이에요? 집은 어디에 있고요? 응? 응?"
엘리사의 질문 세례가 이어지고, 로잔은 어느덧 사람들에게 빙 둘러싸였다. 메렐레인의 등도 보였다. 오직 나와 월영만이 그런 풍경과 동떨어져 저만치 걷고 있었다. 로잔은 사람들과 쉽게 동화되는 특별한 능력을 갖고 있었다. 그는 유대인이었지만 전혀 유대인답지 않았다.
우리는 로마 시대에 놓은 가도를 따라 걷고 있었다. 군데군데 끊어진 4미터 폭의 자갈 지반은 지평선까지 끝도 없이 이어져 있었다.
이 길을 따라 장창을 든 군인들이, 지팡이를 짚은 순례자들이 지나갔을 것이다. 상인들이 먼지바람을 일으키고 기사와 전령들이 말을 달렸을 것이다. 길이 사라지는 지평선 끝으로 그렇게 로마의 역사는 떠나갔을 것이다.

사흘 밤을 야영한 끝에, 오에아를 출발한 지 닷새 만에 드디어 렙티스 마그나 외곽 지대에 도착했다.
우리는 어느 한적한 농장지대를 지나갔다. 은빛 송어가 노니는 맑은 개천에 이끼 덮인 물레방아가 천천히 돌아가고 있었다. 조금 더 가자 눈에 익은 목조 건물이 모습을 드러냈다.
나와 고타의 발걸음이 그곳에서 멈춰 섰다. 건물은 통나무로 이어 만든 여인숙이었고, 고타의 집이었다.
가슴이 벅차올라서일까? 고타는 빗장문 앞에 서서 한동안 움직이지 않았다. 떠나지 않은 자에게 그리움이 존재할리 없다. 그리웠으니까 고향인 것이다. 나는 콧잔등이 시큰해져 있을 친구의 어깨를 두드렸다.

이 낡은 여인숙은 반쯤은 내 고향이기도 했다.

고타는 숨을 고른 뒤 문을 두들기며 그리운 이름을 불러댔다.

똑! 똑!

"어무이 —"

탕! 탕!

"어무이 —"

쾅! 쾅!

"우라질! 웬 불한당이얏!"

문에 난 조그만 창문이 휘릭 열렸다. 거북이 등딱지 같은 얼굴이 불쑥 나타났다.

"꺼어이 —"

목 놓아 우는 고타를 보니 가슴이 뭉클해 졌다.

옛날 생각이 났다. 나나 루카와 달리 고타는 고아가 아니었다. 고타의 엄마는 우리에게도 늘 고타를 대하듯 해줬다. 그것이 좋은 의미로든 나쁜 의미로든 말이다. 하지만 그녀는 대체로 거친 편이긴 했다. 우리는 그녀를 '쉴다 여사'라 불렀다.

"누구세요, 너는?"

주근깨 가득한 그리운 얼굴이 특유의 귀찮은 표정을 짓고 있었다.

"어무이. 저에욧. 당신 아들."

"나한테 아들이 있었나? 안 본 지가 하도 오래 되어나서 말이야. 죽었는지 살았는지. 소식이 통 없으니 아마 죽었다고 봐야 하지 않을까?"

"왜 그래! 쉴다 여사. 배고파! 빨랑 문 열어!"

"내 아들이 맞군."

쾅— 하고 걷어차듯 문이 열렸다. 쉴다 여사가 너털웃음을 지으며 두 팔을 활짝 벌리고 서 있었다. 고타와 나는 그녀의 품에 뛰어들었다. 퉁퉁하고 넉넉한 그녀의 품에서 고향 내음 같은 것이 났다.

밤이 되었다.
우리는 쉴다가 내어 온 양고기를 뜯으며 그녀가 궁금해 할 질문으로 회포를 풀었다.
"그러니까. 지금까지 고타랑은 카르타고에서 장사를 해왔고, 얼마 전 힐데리크 왕의 의뢰를 받아 이 아가씨를 티로스까지 모시고 가는 거군. 중간에 바다괴물을 만나 죽을 뻔 했고 말이야."
끄덕.
쉴다는 의아한 눈빛으로 메렐레인과 엘리사를 번갈아 보더니,
"장사라면, 인신매매 같은 거?"
쿨럭! 씹던 양고기 살점이 튀어나와 고타의 이마에 붙었다.
"하하, 사모님. 염전 주인이 소금 실어 나르면 소금 장수고, 가는 김에 서신 전하면 우편배달부지요. 장사치기는 사람 나르는 길잡이도 겸한답니다."
바르카의 명쾌한 설명에 쉴다는 고개를 끄덕였다.
"그나저나 정말 아름다운 아가씨네!"
메렐레인을 살피던 쉴다는 연신 히죽거렸다. 상대의 기분 따윈 아랑곳 않는 듯한 그녀의 시선에 불편함을 느꼈는지 메렐레인은 고개를 돌렸다.
"에구, 내 정신 좀 봐. 하하. 요깃거리 좀 내올 테니 편히들 쉬고 있

으라고."

쉴다가 먹을거리를 내올 동안 우리는 테이블에 둘러앉아 각자의 짐과 향후 여행 경로에 대해 점검했다. 사브라타의 여신호는 수리가 끝났을 테고, 계획대로라면 내일 정오쯤 렙티스 마그나의 선착장에서 루카 등과 합류하게 될 것이다.

배를 타고 베레니스[19]를 돌아 알렉산드리아에 기항해서 보급품을 싣고 아스카론을 거쳐 티로스에 도착한다는 것이 일단은 우리들의 계획이었다.

쉴다의 여인숙은 예전 그대로였다. 싸고, 허름하고, 북적거렸다. 그녀는 객실 하나에 보통 스무 명 정도의 손님들을 쑤셔 넣곤 했는데, 군인에, 선원에, 농부에, 심지어 여자나 병자들까지 한 방에 합숙하기 일쑤였다.

식사 시간이 되자 그 많은 방안의 인간들이 쏟아져 나왔고, 여인숙은 삽시간에 닭장처럼 변해 버렸다. 비교하자면, 카르타고 항구의 선술집 하얀 한숨은 차라리 양반이었다.

식사가 끝나고, 맥주의 술기운으로 모두 몸이 후끈해질 무렵, 바야흐로 천한 인간들의 바보짓이 시작될 시간이었다. 노래가 나오더니 분위기가 순식간에 걸쭉해졌다. 온갖 야단법석을 떠는 인간들의 군상이 만들어 내는 소음에 쉴다의 여인숙은 떠나갈 듯했다. 우리가 스스럼없이 그 속에 섞여든 것은 쉴다 여사의 넉넉한 마음 씀씀이 때문이었으리라.

잠시 후 환호성이 들리더니 춤판이 벌어졌다. 누더기를 걸친 남녀들

---

19 현재의 리비아 벵가지

이 맥주잔을 들고 서로 엉켜 몸을 흔들기 시작했다. 확실히 귀족들이 추는 윤무와는 달랐다. 무질서하고, 격렬하며, 저속해 보였다.

그 난장판을 구석구석 감상하고 있을 때, 쉴다가 물 컵을 들고 내 옆자리에 앉았다.

"고타는요?"

"글쎄, 안 보이네. 바람이나 쐬나 보지"

"……."

보통의 경우 술판이든, 춤판이든 마다할 고타가 아니었는데 이상한 일이었다.

"여긴 여전하네요."

"여전히 난장판이지?"

"아니 그런 뜻은 아니고요. 자유분방해 보인다고나 할까?"

"자유라……."

쓴웃음을 짓던 그녀는 물 컵을 내 쪽으로 밀며 말했다.

"그래. 여긴 저 녀석들 영혼이 해방되는 곳이지. 비좁고 냄새나는 여관이지만."

내 기억 속의 쉴다 여사는 단순하고 직설적이었다. 완곡어법이나 은유적 표현과는 거리가 있는 여자였다.

"보기 좋지 않아? 서로 동등하고, 구속 받지 않으면서도 서로 의지하고, 가진 걸 나누고, 여기 오는 녀석들은 다 내 자식 같은 놈들이야. 나는 저기에 변화가 필요하다곤 생각지 않아. 그런데 녀석들 생각은 다른가 봐."

"이를테면요?"

"자유지."

나는 머리를 긁적였다. 컵을 들어 올려 그녀의 잔소리처럼 쓸 것 같은 맥주 거품을 목구멍으로 한 모금 넘겼다.

응? 뭐지? 이 달짝지근하고 부드러운 목 넘김의 정체는.

맥주는 아니었다. 나는 나무로 만든 뿔 모양의 컵 속을 들여다봤다. 하얀 우윳빛 액체가 사랑스럽게 고여 있었다. 오! 신이시여! 동령산 곡주가 아닌가.

쉴다가 뭔 말을 한 것 같았는데 들리지 않았다. 그녀는 떨리는 손아귀의 물 컵을 도로 뺏어가며 말했다.

"근데 말야. 난 잘 모르겠어. 녀석들이 원하는 자유란 게 도대체 뭔지."

"핍박이나 무거운 세금으로부터의 자유겠죠."

나는 그녀가 낚아챈 물 컵을 붙잡았다. 끙! 이 팔뚝 힘! 쉴다 여사가 확실히 맞군.

그녀가 다시 말을 이었다.

"가끔 헷갈려. 무언가로부터의 자유인지, 아니면 무언가를 향한 자유인지."

"철학자 같은 말씀을 하시네요. 무슨 일 있어요?"

쉴다 여사는 그 대목에서 웃음을 터뜨렸다.

"하하하. 철학 나부랭이 그런 거창한 건 모르겠고, 뭐랄까."

그녀는 물 컵을 내게 양보하고는 긴 한숨을 뽑아냈다. 나는 하얀 곡주가 든 물 컵을 두 손으로 소중하게 붙잡고는 다시 한 모금 쭈욱 들이켰다.

"나 같이 무식하고 드센 늙은이도 살다 보니 깨닫는 게 있더라고. 살아가면서 하나하나 정리하고, 버리고, 나중에는 뭔가 하고 싶다거나, 갖고 싶다거나 하는 생각마저 버리게 되었지. 그러다 보니 어느 순간 평온이 찾아오더라고. 마침내 내 영혼이 세상 모든 굴레로부터 해방된 느낌이랄까."

켁! 켁! 흥분해선지 당황해선지 모르겠지만, 결국은 곡주가 목구멍에 걸려 버렸다.

쉴다는 내 등을 몇 번 가볍게 두드리더니 헝겊 같은 걸 건네며 말했다.

"난 자유가 그런 거라고 생각해."

"저 사람들은 다르다는 말씀인가요?"

그녀는 고개를 끄덕였다.

"자유라는 욕망에 구속되어 있는 거 같아."

턱에 묻은 물기를 닦아 내기 위해 나는 쉴다가 준 헝겊 조각을 입으로 가져갔다. 그건 정확히 말하면 나비 모양으로 꼬아 놓은 리본. 검정색 리본이었다.

"글쎄요. 내 눈엔 그냥 춤추는 범부들로 밖에 안 보이는데요."

나는 검정색 리본 뭉치를 쉴다에게 돌려줬다.

그녀는 손에 쥔 검은 리본을 물끄러미 바라보더니 손가락을 앞으로 주욱 내밀었다.

"저거 보이지?"

나는 그녀의 손가락이 가리키는 방향으로 시선을 옮겼다.

춤추는 범부의 머리며 어깨나 허리, 심지어 엉덩이에도 하나씩 검정색 리본이 메어져 있었다. 방금 내가 턱을 닦은 리본과 같은 것이었다.

"그러네요. 뭐죠?"

기이하게 생각한 내가 묻자, 쉴다가 살짝 입술을 깨물었다.

"상복 같은 거지."

"누가 죽었나요?"

"람과 셰나의 영을 기리는 상징 같은 거란다."

"……?"

쉴다는 고개를 돌려 주름진 커다란 눈으로 내 눈을 들여다봤다. 그건 진지하면서도 뭔가를 확인하려는 듯한 눈이었다.

"초야권이라고 들어봤니?"

"초야권?"

쉴다의 눈이 흐려졌다. 그녀는 착잡한 음성으로 내게 초야권과 최근 마을에서 일어난 일에 대해 들려주었다.

농민은 법적으로 평민이지만 노예나 다름없었다. 바쁜 농번기에 자기 밭은 놔두고, 주에 이틀 정도 영주의 밭을 일구는 부역 노동 외에도 농민들은 여러 가지 세금에 시달렸다. 현물 공납은 물론이고, 각종 인두세에 숲에서 나무를 벤다거나 시냇물에서 고기 잡는 행위에도 세금을 매겼다.

심지어 결혼하는데도 세금을 내야 했다. 세금을 내지 않고 결혼을 하게 되면 영주가 신부의 첫날밤을 차지할 수 있었는데, 이것이 바로 '초야권'이었다.

람과 셰나는 성 밖 농장에서 땅을 일구고 살았는데, 쉴다의 여인숙에서 결혼식을 치를 예정이었고, 결혼에 필요한 세금도 영주의 관리에게 납부했다. 그러나 불행하게도 셰나는 미인이었다. 영주는 초야권을 주장한 것이다. 물론 받은 세금도 돌려주지 않았다.

전개는 뻔했다. 분노한 람은 셰나를 데리러 온 경비병들에게 달려들었고, 영주에게 끌려가 목이 잘렸다. 셰나는 영주에게 욕을 본 얼마 후 람의 무덤 앞에서 자살했다. 이야기의 골자는 대충 이러했다.

"영주의 이름은요?"

"오르페스. 세상에 악마가 있다면 그런 이름일 게야."

모든 영주가 그런 것은 아닐 것이다. 하지만 내가 아는 한, 영주는 진흙탕에 빠진 농민의 수레차를 뒤에서 밀어 주는 그런 사람이어야 한다.

나는 '오르페스'라는 이름을 머릿속에 되뇌면서 춤 구경을 계속했다. 쉴다 여사가 하려는 말이 뭔지 대충 감이 왔다. 춤은 죽은 동료를 위한 위령무였고, 노랫소리는 장송곡이었다.

그들은 검은 리본을 통해 서로 결속되어 있었다. 그것은 춤이 아니라 자유의 몸짓 같았다. 나는 그것이 반란의 깃발처럼 보였다.

"나라면…… 싸우겠어요!"

쉴다는 내 손을 잡았다.

"그래서 나는 두렵구나. 그나마 우리에게 허락된 최소한의 것마저도 잃게 되진 않을까."

"실패가 두려우신 거군요."

"니들은 뭔가를 위해 칼을 들고, 목숨을 바치고 그런 게 멋있다고 생각하겠지만. 기억하렴! 제일 고통스럽고 치열한 전쟁은 뒤에 남겨진 여자들의 몫이라는 걸. 가슴에 울분을 묻은 채 계속 살아가는 것, 날마다 치러야 하는 전쟁 말이야."

내 손에 포갠 쉴다의 손아귀에 힘이 들어갔다.

"그러니 카카르! 너나 고타가 휘말리는 일은 없었으면 좋겠다. 자식을 땅에 파묻는 어미는 되고 싶지 않으니까."

알아선 안 될 미래를 엿본 듯한 기분이 들었다. 쉴다의 여인숙은 민중 봉기의 거점이었다. 규모가 어느 정도일지, 어떤 방향으로 전개될지 알 수 없지만, 이 작은 여인숙을 중심으로 머지않은 장래에 치솟을 혁명의 불길을 생각하니, 또 행여 더 큰 업화의 부메랑으로 돌아올지도 모를 파국의 결말을 생각하니, 가슴이 저릿하게 답답해져 왔다. 내가 아는 한, 혁명이 성공한 예는 없었다.

"로잔! 어서요!"

엘리사가 알코올 기운에 홍조를 띤 얼굴로 로잔의 손을 잡아끌었다. 같이 추자는 소리였다. 잠시 머뭇거리던 그는 엘리사의 손에 이끌려 춤의 대열에 합류했다.

바르카가 내게 눈을 흘겼지만 거절했다. 유흥을 즐길 기분이 아니었다. 바르카는 잠시 내 눈치를 보더니만 메렐레인에게 마수를 뻗쳤다. 메렐레인이 바르카의 손에 이끌려 무대 위로 섞여 들어갔다. 나와 월영만이 구석에서 조용히 술을 벗 삼았다. 이런 곳에선 자신의 의사와 관계없이 항상 밤이 늦어진다.

한밤중이 되어서야 우리는 각자 침실로 기어 들어갔다.

아마포로 만든 베게는 누렇게 떠 있었고, 반년 이상 빨지 않은 듯한 이불에선 쾌쾌한 냄새가 났지만 상관없었다.

곯아떨어지기 전 누군가 문 밖에서 서성이는 듯한 소리를 들었다. 그는 문에 몸을 기대고 있는 듯했다.

나는 그 녀석에게 물었다.

"고타니?"

문 밖에 몸을 기댄 녀석이 말했다.
"응."
"뭐하냐? 안 자고."
"응, 별로."
"뭐 걱정 있어?"
"아니, 별로."
"……."
"……."
"……."
"카카르, 자냐?"
"응."
"미안하다."
"뭐가?"
"그냥 이것저것."
"싱겁긴. 진짜 잔다."
"응."

다음날이었다.

고타가 안 보였는데, 쉴다의 말에 의하면 이것저것 준비할 게 있어 항구로 먼저 떠난 모양이었다. 나는 어젯밤 일이 조금 마음에 걸렸다.

로잔이 낙타를 끌고 왔고 떠날 채비가 끝났다. 우리는 쉴다 여사의 볼에 아쉬운 작별의 키스를 했다.

다시 올 날이 있을까. 기약할 수 없는 재회를 언제고 기다리고 있을 쉴다를 생각하니 가슴 한편이 시려왔다.

그녀가 실어 준 것은 노잣돈과 일주일치 식량만이 아니었다. 우리는 그리움과 눈물까지 함께 낙타 등에 싣고 떠났다.

저 멀리 풍경 속. 한 점으로 사라져 가는 흐린 눈의 쉴다를 바라보며, 나는 속으로 그 이름을 불러 봤다.

어머니!

우리는 새로 단장한 여신호가 정박해 있을 렙티스 마그나의 선착장으로 향했다. 아침에 문 앞에 앉아 있는 까마귀를 걷어 찬 일이 있어서 그런지, 나는 왠지 모를 불안감에 시달렸다.

그래도 부지런히 길을 재촉한 덕에 정오쯤에 이르러 드디어 렙티스 마그나 성문에 도착했다.

따분한 표정을 한 경비병 둘이 용건을 물었다. 그건 형식적인 절차였고, 예상은 했지만 아니나 다를까. 경비병은 대놓고 통행세를 요구했다. 시 당국에 고발하겠다고 으름장을 놓았으나 경비병은 콧방귀만 뀔 뿐 씨알도 안 먹혔다. 우리는 하는 수 없이 거액(?)의 통행세를 치를 수밖에 없었다.

나는 삥 뜯긴 게 분해서 걷는 동안 계속해서 험담을 늘어놓았다.

"생김새로 그 사람의 사고방식을 알 수 있듯이, 도시에도 일종의 얼굴이 있어 그걸 보면 속도 알 수 있는 법이지요. 마을에 지나치게 선술집이 많으면 유쾌한 사람은 많을지 몰라도 가정적인 사람은 드물 듯이 말이에요."

로잔이 공감한다는 듯 웃으며 고개를 끄덕였다.

"그래서 당신이 생각하는 렙티스 마그나의 속은 어떻죠?"

내 답변은 물어보나 마나였다.

"썩었지요."

통행세에 대해 경비병이 고자세면 뻔하다. 도시 윗대가리들까지 개입되어 있을 테지. 그건 영주가 엉망이라는 뜻이고, 도시의 미래도 별볼일 없다는 뜻이다. 통행세를 걷고 도로에 잡초가 무성하면 상인의 발길이 끊긴다.

높은 사람을 만나면 길가 먼지 속에 몸을 굽히는 곳에는 폭군이 있기 마련이고, 시민이 비굴하게 손에 입을 맞추면 그 사회를 지배하는 건 십중팔구 굶주림이다. 렙티스 마그나가 딱 그러했다.

성문을 들어서자 트리폴리스 최대의 항구 도시가 한눈에 펼쳐졌다.

렙티스 마그나!

이 도시는 기원전 7세기에 페니키아인이 건설했다가 카르타고인이 도시를 차지했으며, 이후 로마와 동맹을 맺었다. 고향 출신 세베루스가 로마 황제가 된 후 렙티스 마그나는 철저한 계획도시가 되었고, 이후 지중해와 사하라 사막 횡단 루트를 잇는 무역 거점 도시로 성장했다. 세월이 흘러 로마 제국이 쇠락하고, 반달족의 침공을 받고, 기독교가 들어오면서 렙티스 마그나는 서서히 쇠락해 가기 시작했다.

멀리 해안 절벽 위에 세워진 성과 높은 첨탑이 보였다. 성과 기사와 교회의 시대. 한 시대가 문을 닫고 새로운 시대가 시작되는 흐름. 그것은 렙티스 마그나도 예외가 아니었다.

"도시가 좀 음울한 인상이군요."

메렐레인의 말 대로였다. 렙티스 마그나는 사브라타의 강렬한 유채색 색감과는 대조되는 회색빛 석재의 도시였다.

우리는 도시 대로를 가로질러 갔다. 도시는 많이 변해 있었다.

세베루스 황제가 세운 님프 신전도 온데간데없었다. 대신 그 자리엔 커다란 십자가가 첨탑에 꽂힌 교회당이 들어서 있었다. 교회당 계단엔 빈민들이 옹기종기 모여 앉아 있었는데, 저마다 어두운 표정의 얼굴들이었다.

누더기를 입은 꼬마가 우리 앞쪽으로 다가왔다. 붉은 반점이 여기저기 난 꼬마는 불결하고 냄새가 진동했다. 로잔이 가로막자, 꼬마가 눈알을 굴리며 주춤주춤 물러났다.

메렐레인이 무릎을 굽히고 손바닥에 올리브 열매를 펴 보이자, 그것을 본 어린애들이 벌떼처럼 달려들었다. 다행히 로잔이 올리브 열매 꾸러미를 저 멀리 던져 주의를 돌렸다. 하마터면 작은 야수 떼들에게 봉변을 당할 뻔한 순간이었다.

조금 더 가자 시장이 들어선 광장이 나타났는데, 광장 안쪽에는 커다란 극장이 있었다.

로잔의 친절한 설명이 이어졌다.

"이프리키야에서 두 번째로 큰 극장이죠. 첫 번째는……."

나는 로잔의 말을 끊었다.

"사브라타에 있지."

"잘 아시네요!"

뭐 내가 미리 알고 있었을 리는 없다. 눈짐작으로 후다닥 재어 보니 크기가 그러했을 뿐이다.

로잔이 의미를 알 수 없는 웃음을 흘리며 손가락을 가리켰다.

"저기 보이는 게 세베루스 아치에요."

세베루스 아치를 통과하자 길은 네 갈래로 갈렸다. 우리는 오른쪽 돌담을 따라 걸어갔다. 돌담을 끼고 왼쪽으로 꺾어 해안선을 따라 폭 20미터의 대로를 따라 들어가니 오른쪽으로 큰 건물이 하나 나왔다.

"저건 하드리아누스 목욕탕. 로마에 있는 거 다음으로 큰 목욕탕이죠."

"뭐가 저렇게 커?"

"로마인은 목욕탕을 사교 장소로 썼었어요. 저런 게 한때 로마엔 천 개 넘게 있었다고 해요"

더 가다 보니 왼쪽으로 포룸[20]과 바실리카[21]가 나타났다. 포룸은 백여 미터 길이의 대형 구조물로 안에는 메두사 머리를 한 얼굴 조각들이 죽 늘어서 있었다. 포룸의 수호신이었다. 포룸과 이어진 바실리카는 원래 법정이었는데, 이번 유스티니아누스 황제 대에 와서는 성당으로 주로 사용하는 모양이었다.

바닷가 쪽으로 나가니, 해안가와 맞닿아 있는 좀 더 오래된 포룸이 나왔다. 이곳은 초기 정착민들의 거주지였다. 세월에 바랜 라임스톤 빛깔이 지중해의 파란 바다에 대비되어 마치 그림 같았다. 선착장은 이 해안 포룸을 지나 조금 더 들어가는 곳에 있었다.

아쉽지만 여신호는 선착장 어디에도 보이지 않았다. 수리가 좀 늦어진 것인가, 아니면 다른 무슨 일이 있는 것일까?

---

20 고대 로마의 광장
21 고대 로마의 공공건물을 지칭하는 말. 교회건축 형식의 기조를 이루었고 로마네스크와 고딕식 성당 건축에 영향을 미쳤다.

언제 도착할지도 모를 배를 기다리며, 어쩌면 한동안 여기서 발이 묶일지도 모른다는 예감으로 모두들 표정에 실망한 기색이 역력했다.

"에에엥— 에엥!"

그때 낙타 울음소리가 들렸다. 뭔가 싶어 돌아보니, 바르카가 낙타 세 마리를 끌고 와 일행들 사이로 비집고 들어왔다.

"이것들은 다 뭐얏?"

"뭐긴, 알렉산드리아까지 동승할 아가씨들이지."

나는 화풀이나 하자는 심산으로 이 엉뚱한 페니키아 사나이에게 소리를 쳤다.

"뭔 짓이야? 언제 배가 올지도 모르는데."

"기다리면 언젠간 오겠지. 자, 소개부터 할게. 왼쪽부터 코미토, 테오도라, 아나스타샤지. 어때? 다들 미인이지? 오프리스, 이 녀석 너 땡잡은 거야. 하하하하."

바르카는 입 꼬리를 싱긋 올리며 오프리스를 팔꿈치로 툭툭 쳤다.

오프리스가 환장한 듯 울음소리를 내자, 낙타들의 괴상한 합창이 어우러져 고막을 때렸다. 나는 귀를 틀어막았다.

"낙타는 어디다 쓰려고 이렇게 떼거지로 몰고 왔어요?"

호기심 가득한 눈망울을 하고 엘리사가 물었다. 바르카는 머리를 한 번 쓸어 올리고는 친절하게 소녀의 물음에 답했다.

"지중해의 돈 많은 귀족들은 동방에서 온 물건에 다들 미친다는 건 알고 있죠?"

"네."

"비단에 아주 환장하는 건 잘 알 테고, 후추의 강렬한 맛은 각종 요리에 없으면 안 되니까 필수고, 인도산 면직물은 어떨까? 얇고 시원하고 화려한 색감이 죽이지. 또 뭐가 있나⋯⋯ 맞다. 도자기도 있네. 금그릇은 잘 휘어지고, 은그릇은 색깔이 변하니까.”

바르카의 취급품 목록이 주저리주저리 나오고 있었다.

“그딴 게 왜 필요해! 안 입고 안 먹으면 되지!”

나는 귀를 계속 막은 채로 내뱉듯이 말했다. 나의 말에 바르카가 벌레 씹은 표정으로 눈살을 찌푸렸다.

“그러니까 네가 귀족이 못 되는 거야.”

그때 엘리사가 다시 끼어들었다.

“그래서요?”

바르카는 하던 말을 계속했다.

“무슨 물건이든 직거래를 해야 싸게 많이 살 수 있는데, 항상 중간에 가로막고 앉은 놈들이 문제에요. 바로 페르시아나 사막 놈들 말이에요. 육상 교역로는 제국과 페르시아 간 오랜 대결로 거의 끊어진 지 오래고, 그래서 그 밑에 남쪽 사막에서 올라오는 카라반들에게서 동방 물건을 공급 받는 방법이 지금으로선 유일하죠. 그 동방 물자의 집산지 중 하나가 바로 알렉산드리아고요.”

“아⋯⋯.”

알아먹었는지 말았는지, 엘리사가 감탄했다.

“뭐, 어쨌든 중요한 건 그게 아니고, 이런 걸 사려면 이쪽에서도 뭔가 구미가 당길 만한 걸 내놔야 하잖아요. 그래, 명석한 아가씨의 머리로 한번 맞춰 봐요. 뭘 파는 게 좋을까요?”

바르카의 질문에 엘리사가 '음⋯⋯.' 하고 손가락을 깨물었다.

"양고기나, 치즈요?"

"그런 건 저쪽에도 있으니 굳이 필요 없죠."

"글쎄요. 그럼, 와인은요?"

"하하. 와인은 보관하기 힘들어서 곤란하고요."

"그러면…… 음…… 양모는 어때요?"

"양모는 사막 사람들이 입기에는 너무 덥죠. 두꺼우니까."

엘리사는 잠시 생각하더니 이해했다는 듯 고개를 끄덕였다.

"아하, 그래서 생각한 게 낙타군요!"

"후후. 이제 알았나요? 공주님. 모래사막을 건너려면 없어선 안 되는 게 낙타지요. 많으면 많을수록 좋고요. 알렉산드리아엔 낙타 수요가 많아요. 다행히 여긴 싸고 좋은 낙타가 남아돕니다."

엘리사는 얼굴을 붉히며 웃었고, 텅 빈 바다에 내 배는 없었다.

"그냥 금딱지나 은딱지로 사 버리면 되지. 골 아프게."

나는 짜증이 밀려와서 버럭 소리를 질렀다.

"자식아! 땅을 파 봐라, 나오나. 금이 무슨 당근 뿌리냐? 뽑는 대로 주워 담게."

그때 메렐레인이 "잠깐 저기!" 하며 소리쳤고, 우리는 일제히 바다 쪽으로 고개를 돌렸다.

"뭔가 보여요."

로잔도 거들었다.

과연, 수평선 저편에 하늘과 맞닿은 선 위로, 뭔가가 천천히 솟구치고 있었다. 그것은 처음에는 점으로, 나중에는 선으로 바뀌더니, 이윽고 조금씩 움직이는 면으로 변했다. 좀 이상한 느낌이 들었다.

저것이 배고, 어느 그리스인의 말처럼 우리가 사는 세계가 아틀라스나 바하무트의 등으로 떠받치는 평평한 쟁반 같은 거라면, 저건 물속에서 떠오르는 것이어야 한다. 그리고 내가 아는 한 가라앉은 배는 결코 수면 위로 올라오지 않는다. 어쨌든 멀리 수평선 위로 떠오른 것은 돛대고, 움직인 것은 돛포였다. 그것은 눈에 익숙한 것이었다.

"여신호다!"

모두들 감격에 젖어 크게 소리를 쳤다.

쌍돛대, 하얀 사각돛, 빛나는 선수상을 뱃머리에 인 갈색의 갤리선. 과연! 으흐흑! 눈물이 앞을 가릴, 내 여신호가 분명했다. 사막에서 오아시스를 만난 것처럼, 절망의 바다 속에서 희망이 천천히 떠오르는 순간이었다. 우리는 감격하며, 환호하며, 제법 긴 시간이 지날 때까지 그 광경을 목도하고 있었다.

"어어이— 카카르!"

여신호에서 누군가 손을 흔들어 댔다.

이런 반가운 친구들을 봤나. 루카와 노아였다. 씩씩하게 되돌아온 배와 친구들을 보니 천군만마를 얻은 듯했다.

도보 여행은 이제 신물이 났다. 이로써 우리는 사브라타를 떠난 지 거의 열흘 만에 온전한 일행으로서 재회할 수 있었다.

우리는 여신호에 보급품과 함께 뱃일을 조건으로 다음 기항지로 떠날 승객을 실었다. 승객들 중엔 검은 후드를 눌러쓴 사내들도 있었다. 어디론가 순례 여행 중인 수도승이거니 했다. 아무튼 목적지는 알렉산드리아. 그날 밤, 우리는 렙티스 마그나를 떠났다.

일단은 모든 것이 순조로웠다. 몇 가지만 빼면 말이다. 출항 전, 뱃

줄에 앉아 음침하게 나를 내려다보던 흑갈색 까마귀의 모습과 뒤늦게 합류한 고타의 침묵이 머릿속에서 떠나질 않았다.

1장 4절
폭풍 속으로

또다시 올빼미 토드를 만난 것은 갑판 위에서였다.

잠을 설친 탓일까. 나는 새벽에 홀로 깨어 뱃전에 부는 물기 어린 맞바람을 쐬고 있었다. 푸르스름한 수평선 위, 빛과 연결된 균열 속으로 감청색 어둠이 빨려들어 갈 무렵, 어디선가 날아온 토드가 내 손등 위로 내려앉았다.

나는 토드의 다리에 묶인 쪽지를 펴 들었다. 미네르바의 메시지였다.

카카르! '눈'이 움직이기 시작했어. 그가 나섰다는 건 아마도 네가 관심을 끄는 행동을 했다는 뜻이겠지. 잊지 마! 그게 뭐든 선택에는 대가가 따른다는 걸. 죽음의 그림자가 네게로 갈 거야. 조심하렴! 누구도

믿지 마! 주저하지도 마! 아…… 먹구름이 몰려오고 있어. 내가 할 수 있는 건 없구나. 시간이 많지 않아. 행여 운명이 널 인도한다면, 콘스탄티노플로 오렴. 네가 상자라면 콘스탄티노플은 그 상자를 여는 열쇠야. 네가 알아야 할 많은 것들이 이곳에 잠들어 있으니까. 벗으로부터.

　나는 주머니 속에서 목탄 조각을 꺼냈다. 그리고 쪽지에 간단한 답장을 쓴 다음, 토드의 다리에 묶었다.
　미네르바의 올빼미가 날아오른 새벽하늘을 바라보며 나는 한동안 생각에 잠겼다. 내가 알아야 할 많은 거란 건 대체 뭘까? 무슨 출생의 비밀 같은 거라도 있는 걸까? 왜 하필 콘스탄티노플일까?
　미네르바의 편지를 받고 나면 늘 따라오는 두통 때문에 머리에 쥐가 났다.
　'눈'이라…….
　친구의 메시지에서 언급된 '눈'이란 존재에 대해 나는 알고 있었다. 아니, 알고 있지만 모르는 거나 마찬가지다.
　내가 적을 둔 그림자 길드는 전 지중해에 걸친 거대 조직으로 정보와 상권, 권모술수와 균형을 관장한다. 국가와 비슷한 규모와 힘을 가졌으나, 우리는 국가처럼 전복되거나 타도되지 않는다.
　누구도 점 조직으로 구성된 그림자 길드의 아래와 위, 시작과 끝의 영역을 알지 못한다. 신계라 불리는 길드의 상층부는 조직원들의 상황을 손바닥 들여다보듯 하지만, 하부의 조직원은 자기가 하는 일 외엔 모르며, 그것이 무슨 목적에서, 누구를 위한 것인지 알 길이 없다. 오직 명령에 따라 맹목적으로 움직이기만 할 뿐.

'눈'이란 그런 그림자 길드 내에서도 극소수만이 그 존재를 아는, 길드의 수장을 지칭하는 말이었다. 한마디로, 존부조차 불투명한 유령 같은 존재. 아쉽지만 그의 계획이 뭔지, 앞으로 뭘 할 건지, 언제 어디서 어떤 형태의 해악으로 다가올지, 나로서는 알 방도가 없었다.

나는 갑판에 기대 턱을 괸 채 먼 바다를 망연히 바라보았다.

엥— 에에엥!

아이, 깜짝이야! 뒤쪽에서 별안간 낙타 울음소리가 들렸다. 로잔이 낙타 네 마리를 끌고 나타났다. 오프리스, 코미토, 테오도라, 아나스타샤였다.

"이른 시간에 낙타는 모시고 어인 일로 갑판에."

나는 놀란 가슴을 진정시키며 로잔을 향해 비꼬듯이 물었다.

"기도하리고요. 이참에 낙타도 먹이고."

"기도?"

"예. 아침에 한 번, 저녁에 한번 예루살렘을 향해 기도하는 게 제 일과니까요."

"……."

로잔은 기도하는 동안 낙타에게 먹일 선인장을 삼베 두루마리에 쏟아 부었다. 으걱으걱, 오프리스를 선두로 네 마리의 낙타가 사이좋게 선인장을 씹기 시작했다. 식사하는 낙타 옆에서 기도 준비를 하며 로잔이 물었다.

"어딜 보고 있었나요?"

나는 손가락을 북쪽으로 움직이며 말했다.

"콘스탄티노플요."

"황금의 도시 말이군요. 멀리서 본 적이 있죠."

"정말?"

"그럼요. 금빛 궁정, 자줏빛 토가를 걸친 황제, 대성당으로 향하는 검은 로브 차림의 사제들과 빛나는 갑옷의 기사들. 천 년 동안 외부인의 침입을 한 번도 허용하지 않은 비밀의 도시지요."

"어떻게 된 거야? 로잔! 정말 가 본 거야?"

가벼운 흥분에 들떠 나는 다그치듯이 로잔을 향해 물었다.

로잔이 싱긋이 웃음을 흘리며 말을 이었다.

"전 원래 용병이었어요. 한때 페르시아에서 용병 생활을 했었지요. 벨리사리우스가 이끄는 제국군과 싸운 적이 있었는데, 척후대로 아나톨리아[22] 땅의 서쪽 끝까지 밀고 올라갔었습니다. 그때, 바다 건너 콘스탄티노플 성벽을 봤어요. 물론 들어가 보진 못했지만."

결론은 도시 안을 들여다보진 못했다는 뜻이었다. 로잔이 잠시 숨을 고르더니 쓴웃음을 지었다.

"하지만 너무 깊숙이 밀고 들어간 게 화근이었지요. 벨리사리우스의 역공을 받고 부대가 전멸했습니다. 전 운이 좋아 간신히 살아남았지만요."

나는 그때 로잔에게서 한 제국군 장교의 이름을 들었다.

플라비우스 벨리사리우스. 그는 비잔틴 로마가 낳은 희대의 명장이자, 훗날 내가 평생을 걸고 극복코자 했던 불가능의 벽이었으며, 가장 존중받아야 마땅할 적수였다. 하지만 당시의 내겐 그저 낯설고 의미

---

22 현재의 터키령 소아시아. 태양이 솟는 곳이라는 뜻의 그리스어

없는 이름 중 하나일 뿐이었다.

"어쨌든 희한하군요. 유대인들은 보통 사채업자나 장사꾼들이 많지 않나? 용병이라니 별로 어울리진 않네요."

로잔은 고개를 가로저었다.

"우리 유대인은 수백 년 전부터 용병이었어요. 파라오 밑에서, 다음엔 페르시아 왕 아래서. 또 알렉산드리아의 프톨레마이오스[23] 왕의 군대에서도 복무해 왔어요. 저도 한동안 용병으로 그렇게 떠돌아다녔습니다. 떠도는 유대인은 어딜 가나 박해를 받지요. 지금도 마찬가지지만."

"박해를 받는 건, 예수 그리스도를 구원자로 인정하지 않기 때문 아닌가요?"

로잔은 미세하게 인상을 찌푸렸다.

"여호와는 본디 우리 유대인들의 신이었습니다. 여호와는 유대인만을 백성으로 선택하셨고요. 예수는 그걸 부정했습니다. 신은 나눠 가질 수 있는 게 아니지 않습니까."

흠, 뭐 딱히 틀린 말은 아니었다. 자식이 부모를 선택하는 것과 비슷한 이치였으니까 말이다.

"나는 이방인이니 유대교도가 될 수 없겠군요."

"그런 셈이죠."

로잔이 딱 잘라 말했다. 나는 반쯤 포기한 말투로 결론을 말했다.

---

[23] 알렉산드로스왕의 부하였던 프톨레마이오스가 이집트에 세운 왕조로 로마에 망하기까지 약 삼백년간 이집트를 다스렸다. 남자 통치자들은 프톨레마이오스로, 여자 통치자들은 클레오파트라, 아르시노에, 베레니체로 불렸다.

"융화가 쉽진 않겠군요. 유대인들은."

로잔도 반쯤 포기한 듯 한숨을 쉬었다.

"따지고 보면 박해도 그게 핵심이죠, 뭐."

"그렇군요."

자신이 믿는 신들에 관한 논쟁은 언제나, 확실히, 소모적인 법이다.

"어쨌든 전 남 등을 밟고 사는 덴 소질 없어요. 내 일에 충실하며 어린 딸에게 부끄럽지 않게 당당하게 살고 싶어요. 그래서 지금은 용병 생활을 청산하고 길잡이가 되었지요."

로잔은 유대인이면서도 내가 알고 있는 그런 유대인은 아니었다. 어쨌든 나는 로잔을 포함한 유대인들의 폐쇄적인 선민의식이 한편으론 경멸스럽기도, 한편으론 부럽기도 했다. 그들은 외부 세계에 배타적인 하나의 거대한 가족 집단이었다. 가족이라……. 왜 유대인들이 그렇게 사람들로부터 이기적인 민족으로 매도당하고 질시와 박해를 받는지 알 것도 같았다.

그런 로잔이 갑자기 반색을 하며 소리쳤다.

"파로스네요."

나는 고개를 돌렸다. 등 뒤로 파란 해원의 수평선 너머로 솟은 흰 탑의 끄트머리가 희미하게 보였다. 알렉산드리아의 관문인 파로스섬 등대였다.

뱃머리 쪽 하늘엔 회색 먹구름이 걸려 있었다. 저게 삽시간에 뇌우로 변할 줄 누가 알았겠는가. 쉴다의 여인숙을 나서기 전, 여신호가 부두에서 출항하기 전, 날 노려보던 까마귀는 분명 이런 전조에 대한 경고였으리라.

그러나 우리는 당장 눈앞에 들이닥친 한 사건 때문에 파국이 다가오는 인기척을 느끼지 못했다. 그 사건은 이미 출항하기 전 여신호에 잠재되어 있었고, 때를 맞춰 터질 게 터진 것뿐이었다.

"아이가 쓰러졌다!"

내가 어떤 비명 소리를 들은 것은, 로잔이 파로스라고 소리친 덕에 동료들과 선실 승객들이 갑판으로 나오고, 서로 환호성을 지르는 와중에, 태양이 수면 위로 막 고개를 내민 그 시점이었다.

웅성거리며 모여든 승객들을 헤치고 들어가 보니, 누더기를 걸친 아이 하나가 엎드린 채로 몸을 부르르 떨고 있었다. 소년은 밀항자였다.

여신호는 상선도 여객선도 아닌지라, 대부분의 승객은 무임 승선자였다. 무임이란 점에선 밀항도 별 차이가 없으므로 이런 떠돌이 애들이 승객 틈에 섞여든다고 해서 굳이 솎아 낼 이유도 여력도 없었다.

아무튼 해진 누더기 옷에다 몸에서 심한 악취를 풍기는 소년을 누구 하나 일으켜 세우는 사람이 없었다. 그래도 배의 선장으로서 이런 무책임한 사태를 내버려 둘 순 없었기에, 일단은 성큼성큼 다가가 코를 막고 소년의 몸을 뒤집었다.

소년은 열기로 반쯤 의식을 잃어 가고 있었는데, 낯이 익은 얼굴이었다. 어디서 봤더라.

"어라? 아까 그 거지잖아!"

구경꾼 중에 엘리사가 먼저 소년을 알아보았다. 맞다. 신전 앞에서 메렐레인에게 달려들 뻔했던 그 거렁뱅이 아닌가.

나는 소년의 옷자락을 잡고 흔들어 깨워 봤다. 소년은 흐느적거리기만 할 뿐, 별다른 반응을 보이지 않았다. 어쩐다. 에라, 모르겠다.

내가 소년을 둘러업을 찰나, 루카가 다급하게 소리쳤다.

"카카르! 잠깐!"

나는 움찔하며 돌아다 봤다.

"응?"

창백한 얼굴로 변한 루카가 손을 절레절레 흔들었다.

"애 얼굴 좀 봐! 뭔가 이상해."

"……."

루카가 지적한 대로 소년의 얼굴을 가까이 들여다봤다. 소년의 얼굴과 목선을 따라 불그스름하게 반점 같은 게 돋아 있었다.

"설마!"

나는 침을 꼴깍 삼키며 조심스럽게 소년의 상의를 벗겨 봤다. 목덜미와 가슴팍을 따라 온몸에 좁쌀 크기의 물집이 돋아나 있었다.

"헉!!"

나는 반사적으로 어깨를 뺐고, 충격으로 뒤로 나자빠지는 통에 머리가 깨질 뻔했다. 동시에 누군가가 비명을 질렀다. 그것은 재앙이었다.

"처, 천연두다!"

사람들이 주위로 달아나기 시작했다.

예로부터 흑사병과 천연두는 전쟁보다 훨씬 더 무서운 재앙이었다. 죽어 나가는 사람 수의 단위가 달랐다. 천연두는 불치병이었다. 발진에 딱지가 없히고 떨어져 나갈 때까지 목숨이 붙어 있으면 사는 거고, 아니면 죽는 거다. 운이 좋아 살아남았다고 해도 깊은 흉터가 남아 평생 괴물로 살아야 했으니, 가히 악마의 저주라 불릴 만했다.

"이게 다 무슨 일이야?"

"저주야. 배에 저주가 내렸어!"

바다 한가운데 고립된 배 안에서 질서와 동요는 서로 공존할 수 없다. 어떤 식으로든 막아야 했지만, 승객들의 동요는 산불처럼 이미 걷잡을 수 없이 번져 있었다.

바르카가 내 소매를 붙잡고 물었다.

"카카르, 가까운 뭍에 데려면 얼마나 걸리지?"

"반나절쯤?"

물끄러미 어린애를 바라보는 바르카의 눈빛에 고뇌가 서렸다. 무슨 생각을 하는지 짐작이 갔다. 나도 어느 정도 같은 생각을 하고 있었으니까.

이건 어린애 하나가 죽고 살 문제가 아니었다. 배에 탄 사람늘이, 아니 이 배가 뭍에 닿았을 때, 과연 얼마나 많은 사람이 살고 죽느냐의 문제였다.

바르카가 입을 열었다.

"바다에 버리자."

"……."

"카카르!"

"알았어."

나는 갑판 위에 있는 여분의 돛줄을 바르카와 나눠 들었다. 돛줄로 아이를 낚아채 공중에 띄울 심산이었다.

나는 몇 걸음 떨어진 곳에 서서 소년을 내려다봤다. 흰자위를 허옇게 드러낸 소년의 눈동자가 힘겹게 나를 주시하고 있었다. 그건 도움을 청하는 물기 어린 눈동자였다.

　그때 메렐레인이 끼어들더니 아이를 끌어안았다. 아이의 덥수룩한 머리를 가슴에 파묻은 채, 그녀가 고개를 가로저었다.

　"안 돼요! 아직 살아 있잖아요!"

　메렐레인의 행동에 나는 소스라치게 놀라며,

　"저리 물러나요. 어서!"

　하고 비명을 질렀다. 천연두를 경험하지 못한 것인지, 아니면 각오하고 저러는 것인지. 그녀의 돌발적인 행동이 경악스럽기만 했다.

　바르카가 다급하게 소리를 질렀다.

　"선택의 여지가 없어요. 다 죽는다고!"

　메렐레인은 침울한 눈동자로 그를 응시했다.

　"그래요. 그럼 저도 같이 바다에 던져 주세요. 저는 이 아이의 운명과 함께하겠습니다."

　미치겠네! 나는 사정하듯 메렐레인을 다그쳤다.

　"알았아요. 알았으니 좀 떨어져요. 제발!"

　메렐레인의 하얀 피부에 소년의 진물이 묻을 생각을 하니 견딜 수가 없었다. 그러나 다급한 나와는 달리, 그녀는 그런 건 아무 상관없다는 표정으로, 목소리는 점점 단호해져 갔다.

　"저는 그리스도가 아닙니다만, 그분의 가르침과 항상 함께해 왔습니다. 신이 포기하기도 전에 누가 이 아이를 버릴 수 있나요? 아무것도 줄 수 없는 어른이라면, 적어도 목숨까지 뺏는 어른이 되진 말아야 하지 않나요? 또 같은 실수를 되풀이 할 건가요? 카카르."

　바르카가 돛줄을 내동댕이쳤다.

"웃기는군. 실수는 당신이 하고 있어. 카카르! 비켜 봐!"

바르카가 메렐레인 쪽으로 다가서자 어느 샌가 다가온 월영이 막아섰다. 그는 메마른 눈빛으로 바르카를 노려봤다.

"벨 거냐?"

바르카가 묻자, 월영의 손이 어깨에 멘 월영도의 손잡이를 잡았다. 바르카의 입술이 일그러졌다.

"하하하. 미친놈!"

둘의 눈에서 불꽃이 튀었다. 서로 한판 붙을 기세였다.

웅성웅성 —

그때, 달아났던 사람들이 돌아오기 시작했다. 우리가 뭔가를 결정하지 못한 사이 시간이 흘렀고, 사람들이 의심하기 시작했다. 돌아온 그들의 손엔 저마다 무기가 될 만한 것들이 하나씩 쥐어져 있었다.

"내 이럴 줄 알았다."

바르카가 미간을 찌푸리며 말했다.

"카카르! 저 사람들 눈을 봐. 너, 승객과 폭도 사이에 간격이 얼마나 있다고 생각하냐? 일어난다고. 기어이 폭력 사태가!"

항해에는 수많은 위험 요소가 따른다. 폭풍이나 파도 같이 극복 가능한 위험도 있지만, 인간에 의한 위험은 대게 파국으로 끝날 때가 많다. 바르카는 선상 반란에 대해 내게 경고하고 있었다.

물론 저들이 원하는 걸 주면 간단히 해결된다. 그들이 원하는 건 천연두에 걸린 어린애라는 생선이고, 나는 그 생선을 저들에게 던져 주기만 하면 된다. 이제 수십 명의 승객과 수십 명의 폭도 사이에 내 결정 하나만이 남은 셈이었다.

"선장! 뭘 꾸물거리고 있소! 우릴 다 죽일 셈이오?"

"자! 여러분, 로프를 가져오시오. 어서 저 아이를 배 밖으로 던집시다!"

"비키시오! 선장!"

내 망설임은 바르카와 메렐레인의 시선 사이에서 혼란스럽게 비틀거리다 다 죽어 가는 아이 앞에서 멈춰 섰다. 낯익은 얼굴이 빤히 나를 쳐다보고 있었다.

놀랍게도 그건 죽은 유렌의 얼굴이었다. 나는 손에 쥔 돛줄을 바닥에 떨어뜨렸다.

"시끄럿! 이건 내 배야. 배은망덕한 놈들. 어디서 주인 행세얏! 손대는 놈은 죽을 줄 알아!"

바르카가 한숨을 길게 뽑으며 이마를 짚었고, 월영과 로잔이 전투태세에 들어갔다.

"젠장! 또 쌈질이야!"

루카와 노아도 허겁지겁 무기를 손에 들었다.

예상치 못한 반응에 사람들이 잠시 주춤했다. 서로 어리둥절한 표정을 지었지만 오래가진 않았다.

"제정신이 아니군! 좋아, 이렇게 앉아서 죽을 순 없지!"

"맞아. 선장을 잡아랏! 배를 탈취하자!"

"와아 — 와!"

그렇게 해서 렙티스 마그나를 출발한 지 채 하루도 안 되어 우리의 여신호는 전쟁터가 되었다. 폭도들은 전문적 싸움꾼이 아니어서 월영 등의 상대는 아니었다. 하지만 상대의 쪽수가 많은데다 일일이 칼등으로 때려 기절시키느라 제압하는데 애를 먹었다. 남자 셋이 호를 그려 메렐레인을 에워쌌고, 나머지 넷이 유인하며 차례차례 놈들을 쓰러뜨렸다.

참, 잊고 있었다. 낙타 네 마리도 아군으로 여기저기 헤집고 있었다. 아무튼 워낙에 난전이라 적과 동료조차 제대로 구분이 안 될 지경이었다. 그러는 와중에 우리는 생각지도 못한 함정에 제대로 걸려들게 되었다.

"카카르! 살려 줘!"

아뿔싸!

엘리사의 비명 소리가 들렸고, 뒤를 돌아보자, 후드를 눌러 쓴 네 명의 사나이 중 하나가 그녀의 목에 칼을 겨누고 있었다. 수도승인 줄 알고 여신호에 태웠던 바로 그놈들이었다. 갈수록 태산이군!

"어이! 그만둬. 엘리사가 잡혔다!"

손가락을 입에 물고 길게 휘파람을 불자, 동료들이 싸움을 멈췄다.

"모두 무기 버려. 끝났다."

나는 저항할 의사가 없음을 보이기 위해 칼을 거꾸로 들어 검신을 잡은 뒤, 천천히 바닥에 내려놓았다.

"제길!"

동료들도 갖고 있던 무기를 내동댕이쳤다.

양손이 뒤로 결박된 채 무릎을 꿇은 우리들 앞으로, 뚜벅뚜벅, 후드를 눌러쓴 사내의 발걸음이 다가와 멈췄다.

나는 사내를 향해 눈을 치켜떴다.

"칼 가지고 노는 거 보니 수도승은 아닌 거 같고, 뭐하는 놈들이냐?"

입가에 주름을 만들며 사내가 잠시 웃더니 말했다.

"오랜만이야."

"……?"

귀에 익은 목소리였다. 곧 눌러 쓴 후드를 벗자, 나는 그가 누군지 대번에 알아볼 수 있었다. 그는 카르타고 신전 기사 단장이자, 멜카르트의 공동묘지에서 우리를 습격했고, 지금껏 우리를 공격한 놈들의 배후에 알게 모르게 개입되어 있을지도 모를, 바로 그 스탄이었다.

최악의 전개였다. 실소가 터져 나왔다.

"메렐레인이나 군신의 활이 물건은 물건인가 보군. 두건 쓰고 광대 노릇까지 하시는 걸 보면."

"도둑놈이 할 말은 아니지."

스탄이 비웃듯 말했다.

바르카가 내 어깨를 툭 쳤다. 쓸데없이 자극하지 말라는 뜻이었다.

나는 여신호의 키를 잡은 녀석을 슬쩍 돌아다봤다. 원래 저 자리는 루카 녀석이 있어야 할 자리다. 하지만 지금은 후드 쓴 녀석 중에 한 놈이 차지하고 있었다. 나는 키를 잡은 녀석에게 버럭 소리쳤다.

"어이! 이봐! 우릴 다 죽일 셈이야? 키를 왼쪽으로 돌려야지!"

"뭔 수작이냐?"

스탄이 눈을 가늘게 뜨며 말했다. 나는 스탄의 내리 뜬 눈초리에 대항하며 대꾸했다.

"배는 몰아 본 거야? 여긴 암초지대야. 배가 해안 쪽으로 기울잖아."

"바다 한가운데다. 해안은 무슨."

"제대로 몰아 본 거냐고!"

"……."

스탄은 얼마 전 살인 고래를 사이에 두고 여신호와 벌였던 해전을 떠올렸을 것이다. 과정이야 어쨌든 6대1로 들이받은 갤리선 싸움에서 내게 졌다. 그는 반달족 기사였고, 바다에 관한 한 내가 한 수 위였다. 그도 그런 사실을 인정했는지 가늘게 뜬 눈을 풀었다.

"좌현 15도 변향!"

스탄의 명령에 따라 여신호가 왼쪽으로 약간 기울어졌다.

나는 생각했다. 오에아에서의 칼부림도 그렇고, 렙티스 마그나에서의 밀항도 그렇고, 마치 계획된 듯한 습격에 이상한 기분이 들었다.

"어떻게 알았냐? 사냥개라도 붙인 거야?"

"글쎄 그게 중요한 건진 모르겠군. 내가 너 같으면 앞으로 일어날 일에 더 관심을 기울이겠다."

스탄은 알 수 없는 미소를 흘렸다.

"어쩔 거냐?"

"어쩔 거냐고? 그래. 어떡할까? 도둑놈 잡느라 고향 땅에서 쫓겨났고, 네 놈들 때문에 부하들은 모두 바다에 수장됐지. 부상당한 몸으로 죽을 고비를 숱하게 넘기고 겨우 여기까지 왔고 말이야. 자, 어떻게 해줄까?"

스탄의 눈에서 작은 불꽃이 튀는 걸 느꼈다. 나는 이 시점에서 어느 정도 운명을 직감했다. 먼 바다를 바라봤다. 아직 희망의 바람은 느껴지지 않았다.

"나 하나로 끝내자!"

내가 할 말은 그것뿐이었다. 지금 와서 뭘 할 수 있을까. 이미 사과의 말 따위는 의미 없는 짓이었다.

스탄이 입술을 일그러뜨리며 웃었다. 웃다가 내 머리 위에 손을 얹었다.

"크하하하. 제대로 웃겼군. 너, 네가 뭔가 대단한 목숨이라도 되는 양 착각하나 본데. 넌 그냥 남의 물건을 훔쳐 달아난 씹어 먹어도 시원찮을 놈일 뿐이야. 세상은 너 같은 놈을 '쓰레기'라고 부르지."

스탄의 손목에 힘이 들어가자 푹 ― 하고 목이 앞으로 꺾인 채 나는 그대로 갑판 바닥에 얼굴을 처박았다.

"카카르!"

화들짝 놀란 동료들이 내 이름을 불렀지만, 고개를 꼼짝할 수가 없었다. 스탄은 밀가루 반죽 밀 듯 내 머리통을 위에서 아래로 짓눌렀다.

"마음 같아선 네놈들 모두 단 칼에 도륙 내고 부하들의 원혼을 달래고 싶다만."

"으윽!"

"내가 기사인 걸 감사히 여겨라. 나는 신의 왕좌가 명한 대로 인간의 왕좌를 섬기는 자. 사사로운 감정은 도리가 아니지."

스탄이 다시 내 모가지를 일으켜 세웠다.

목뼈가 으스러지는 것 같았다. 입안에 피가 고였는지 목구멍으로 쌉싸름한 액체가 넘어갔다.

스탄이 나를 등지고 메렐레인에게로 시선을 옮겼다.

"지금부터 뱃머리를 돌린다. 목표는 카르타고. 도착할 때까지 소란을 피우지 않는다면, 당신들의 목숨은 보장한다."

말이 끝난 뒤, 스탄이 후드 뒤에 감춰진 대검을 꺼내 들었다.

"하지만 그 전에!"

내 목덜미 뒤쪽에 날선 칼날의 차가운 감촉이 느껴졌다.

"본보기로 이 녀석 하나 정도의 수급은 거두기로 하지."

메렐레인과 엘리사가 비명을 질렀다.

"안 돼요!"

"제발!"

여기까진가……. 식은땀이 등을 타고 흘러내렸다. 막상 폼은 잡았지만, 생면부지의 운명을 경험하기 직전 딸려 오는 두려움에, 확신 없는 죽음에 대한 달뜬 공포에, 심장이 미친 듯이 요동쳤다. 짧은 삶의 기억이 주마등처럼 지나갔다. 빌어먹을…… 무섭다. 아직도 희망의 바람은 느껴지지 않았다.

"배에 천연두 환자가 있어요. 선장 없이 돌아가기에 카르타고는 너무 멀어요. 당신들도 죽는다고요."

메렐레인이 울음 섞인 목소리로 애원했지만, 스탄은 그저 입 꼬리만 살짝 올릴 뿐이었다.

"상관없다. 사람은 어떤 형태로든 죽음을 맞지. 죽을 자를 염려할게 아니라 산 자를 염려하라고, 아가씨!"

이번에는 바르카가 나섰다.

"협상하자!"

"소용없어, 형!"

"시끄럿! 카카르. 이 개새끼!"

바르카는 스탄의 관심을 돌리려 사색이 된 얼굴로 말까지 더듬었다.

"우, 우린 네가 과, 과, 관심을 가질 만한 재물과 정보를 가지고 있지. 펴, 평생 놀고먹을 수 있다고! 어때?"

"그만해. 형! 이제 됐어."

바르카의 얼굴이 심하게 일그러졌다.

불쌍한 형! 천애고아로 자라, 지지리도 복도 없지. 나 같은 놈도 가족이랍시고, 돌려받지도 못할 애정을 쏟냐. 등신……. 미안해. 그리고 고마워!

"카카르! 용서해 줘. 나 때문에……."

엘리사가 울먹였다. 나는 노랑머리 소녀를 향해 고개를 가로저었다. 괜찮아! 네 잘못이 아니다.

눈앞이 흐린 장막을 친 것처럼 뿌옜다. 그 장막 너머로 나처럼 손이 묶인 로잔도 보였고, 루카와 노아도 보였다. 엥엥거리며 울고 있는 오프리스도 보였다.

메렐레인……. 그녀의 깨문 입술은 열리지 않았지만, 그녀의 젖은 눈동자가 말하고 있었다.

'미안해요'였을까?

'고마워요'였을까?

아니면, '꼭 하고 싶은 말이 있었는데'였을까?

아무래도 상관없었다. 이젠 다만, 내 남은 시간이 빛으로 잦아들기 전에, 마지막으로 안고 갈 기억이 누군가의 미소였으면 싶었는데, 신기한 일이었다. 메렐레인의 눈은 젖어 있었지만, 그녀의 입술은 방긋 웃고 있었다.

그녀의 진홍색 머리칼이 나부꼈고, 나는 주먹 쥔 손을 들어 보였다.

"마지막으로 남길 말은?"

대검을 어깨 뒤로 치켜 올린 스탄이 내게 물었다.

"하늘을 봐."

"뭐?"

"하늘을 보라니까."

스탄이 고개를 들어 올렸다.

드디어 희망의 바람이 불고 있었다. 그것은 좌현 15도 변침이 가져온 기적이었다.

누군가 폭풍 속에서 절망을 얘기할 때, 그리스도는 이렇게 말했다고 한다.

"폭풍 속에서 절망을 보려 하지 말라. 돛대를 바람 부는 곳으로 향하라. 맞바람에도 부러지지 않는 강한 돛을 세우라. 그 돛이 바람을 이겨낸다면, 네가 가고자 하는 곳에 훨씬 빨리 도착할지니, 너는 거기서 희망을 볼 것이다."

희망의 바람은 폭풍우였다.

그날 내 삶을 이어 준 것이 폭풍우가 몰아치는 파도 위에서 죽음의 곡예를 타는 것이었다고 생각하니 아이러니할 따름이다.

스탄의 검이 내 목덜미를 내리칠 찰나, 그 절체절명의 순간에 주위가 어두워졌다. 아까 본 회색 먹구름이 시커멓게 변해 여신호를 에워싼 것이다. 뇌우를 동반한 비구름이 머리 위로 슬며시 내려앉았다.

"좀 있어 봐. 지옥을 경험할 테니."

나는 웃음을 참을 수가 없었다. 폭풍 속에서 배를 모는 건 머리통 위의 사과를 맞추는 것처럼 어렵지만, 적어도 살아날 희망은 생긴 거니까. 억세게 운 좋은 바다 영웅이 될지, 예정대로 물귀신이 될지 알 수 없지만, 어느 쪽이 됐든 멋진 도박 한판 벌인 셈 칠 수 있었다.

"이건 내 배야. 선장인 나만큼 이 배를 잘 아는 놈은 없지. 폭풍 속에서 배를 모는 게 얼마나 어려운지는 네가 잘 알테고……. 내 목을 베고 자신 있으면 한번 빠져나가 보라고. 이 지옥 속에서."

스탄의 칼끝이 부르르 떨리고 있었다.

"교활한 놈!"

쿠르르르. 번갯불에 갑판이 푸른 섬광으로 번뜩이고, 풍랑에 돛대가 흔들리기 시작했다.

"이봐! 서둘러! 살고 싶으면 얼른 선장을 풀어 주라고!"

바르카가 쏘아붙이자, 스탄이 하는 수 없이 칼을 거둬들였다. 묶인 손이 자유로워졌다.

"좋아! 실력이 어떤지 한번 보자고. 그래도 나한테 죽든, 아니면 물에 빠져 죽든, 네 녀석 운명이 바뀔 건 없어!"

타들어가는 눈빛을 한 채 스탄이 돌아섰다. 흔들리는 갑판 위의 폭도들은 다들 겁에 질려 서로의 얼굴만 쳐다보고 있었다. 동료들이 내 주위로 모여들었다.

"이 자식. 무슨 마법을 건 거야? 하하."

"진짜 죽는 줄 알았어."

메렐레인도 가슴을 쓸어내리며 안도의 한숨을 내쉬었다.

"너무 좋아할 거 없어. 조금 시간을 번 거뿐이니까. 그보다 루카! 키를 잡아. 노아와 고타는 돛을 거두고 사람들 좀 도와줘. 여자들은 모두 선실로 들어가요!"

"저희도 돕겠습니다."

메렐레인이 결연한 목소리로 말했지만, 나는 그 청을 들어줄 수가 없었다.

"배 위에서 싸우는 건 남자들 몫입니다. 부상자가 생기면 치료를 부탁해요!"

메렐레인은 잠시 망설이더니 이내 고개를 끄덕였다.

여자들과 노약자를 선실로 들여보낸 뒤, 우리는 본격적으로 풍랑과 맞서 싸울 준비를 했다.

"자! 각자 위치로. 이제부터 정신 바짝 차려야 해!"

여신호는 남지중해의 한복판을 동남 방향으로 비스듬히 가르고 있었다. 배의 왼쪽에서 너울이 슬그머니 다가와 뱃전을 가볍게 들었다 놨다. 마른침이 꼴까닥 넘어갔다. 이건 시작에 불과하다. 분노한 바다는 여기 저기 빵처럼 부풀어 오르기 시작했다.

"온다! 꽉 잡아!"

키를 잡은 루카가 소리쳤다.

집채만 한 파도가 뱃머리의 좌현을 직격했다. 그 충격에 나는 사람들과 함께 배의 우현 쪽으로 나뒹굴었다. 파도는 다음 순간 펄쩍 뛰어올라 공중으로 솟구치더니, 건너편 우현 쪽 바다로 떨어졌다. 머리를 풀어헤친 하얀 유령이 무지막지한 괴성을 지르며 갑판 위를 날아다니기 시작했다.

"돛줄을 붙잡아! 그거 니들 애인이야. 절대 놓치면 안 돼!"

나는 갑판을 붙잡고, 돛을 지키는 자들을 향해 소리쳤다.

왼쪽에서 날아온 파도가 다시 여신호의 좌현을 거의 직각으로 강타

했다. 선수의 왼쪽 부분이 솟구쳐 올랐다 쾅하고 내려앉았다. 우현 쪽에 몰린 사람들이 바다로 굴러떨어졌다.

나는 그들 중 한명의 손을 붙잡았다. 스탄이었다. 거구를 끌어올리는 건 불가능했다. 단지 잡은 손을 놓지 않는 게 내가 할 수 있는 전부였다.

"이거 놔! 뭐하는 거야?"

굴욕을 느꼈는지 스탄이 죽일 듯이 노려보고 있었다.

"발버둥치지 마! 힘 빠지니까. 좀 있으면 반대쪽이 튀어 오를 거야. 그때까지 잡고 있을 테니까. 알아서 기어 올라와!"

갑판으로 파도가 넘어오기 시작했다. 기다란 파도 줄기가 휙휙 머리 위로 넘어와 치솟다가는 제풀에 꺾이며 배 위로 무너져 내렸다. 나는 바닷물을 마시면서도 스탄의 손을 놓지 않았다.

그렇게 해가 저물고 밤이 깊어 갔다.

일렁이는 거대한 물결이 성난 황소처럼 쉬지 않고 뱃머리를 들이받았지만, 여신호는 용케도 잘 버티고 있었다. 생존을 위한 조타의 두 가지 원칙을 절묘하게 지키고 있었기 때문이다. 그것은 첫째, 밀려오는 파도에 배가 가로 놓이지 않게 하는 것이었고, 둘째, 배가 파도의 꼭대기를 넘어 골의 밑바닥을 칠 때까지 적정한 각도와 속도를 유지하는 것이었다.

말이 쉽지, 행하기는 낙타가 밧줄 타는 것만큼 어려운 일이었다. 하지만 나는 여신호의 키를 맡은 친구의 실력을 추호도 의심하지 않았다. 옛날 생각이 났다. 내가 이런 성난 바다를 만난 건 딱 두 차례였다. 그 두 번의 생지옥에서 운 좋게 살아남았고, 그때마다 루카가 있었다.

"여신호는 내 여잔데 다루는 건 네가 훨 낫네."

내 푸념에 번개 머리의 친구는 대꾸도 하지 않았다. 돌이켜 보면, 나는 여신호의 선장으로서 어디로 갈지만 결정하면 되었다. 어떻게 갈지는 순전히 저 녀석의 몫이었다.

내가 바람이라면, 저 녀석은 파도였다. 폭풍우가 몰아치는 바다에서 배의 운명을 결정하는 건 결국 바람이 아니라 파도다. 그런 점에서 여신호엔 최고의 조타수가 있었고, 우리에겐 큰 행운이었다.

우리는 얼마 후 짐칸의 짐을 바다에 던져 넣기로 했다. 배의 균형을 지키기 위해 무게를 조금이라도 더 줄여야 했기 때문이다. 이런 일은 배 위의 모든 사람이 힘을 합쳐야 가능했다. 메렐레인도 굳이 힘을 보내야 한다고 고집을 피웠다.

바다 위에서 풍랑은 너 나 할 것 없이 사람의 힘을 합치게 만든다. 적과 친구의 구분이 없어지는 순간인 것이다. 풍랑이라는 거대한 시련을 만나 우리는 어느새 똘똘 뭉쳐 있었다.

시간이 흘러, 땀과 공포로 범벅이 된 밤은 다하고 기어이 새벽이 찾아왔다. 사람들은 기진맥진한 채 갑판에 주저앉았고, 나도 마찬가지였다.

풍랑은 조금씩 잦아들었지만, 좌현 쪽 선체에 뚫린 구멍으로 바닷물이 쏟아져 들어오고 있었다. 침로를 잃은 여신호는 왼쪽으로 기운 채 파도가 작열할 때마다 항진과 정지를 되풀이하고 있었다. 나는 어느 정도 배의 운명을 예감했다.

"서둘러! 배를 버린다."

나는 갑판에 주저앉은 사람들을 추슬렀다.

키를 버린 채 달려온 루카가 벌겋게 충혈된 눈으로 만류했지만, 어쩔 수 없었다. 여신호는 할 만큼 했다. 이제는 보트를 내려야 할 때였다.

선체 뒤편에 붙은 예비용 돛단배의 로프를 푸는 작업이 시작됐다. 막상 배를 버린다고 생각하니 왈칵 눈물이 났다. 여신호가 어떤 배인가……. 우라질! 나는 허공을 향해 어금니를 악다물었다.

그때였다.

"피해라!"

누군가 소리쳤다. 돛줄이 풀리고 돛대가 부러지는 소리가 들렸다.

우지직! 쾅!

고목나무가 쓰러지듯 돛대가 갑판 위를 덮쳤고, 그 충격에 사람들이 주변으로 튕겨져 나갔다.

"누군가 바다에 떨어졌다."

"죽겠네. 이번엔 누구야?"

루카의 밤새 쉬어 버린 목소리가 신경질적으로 울렸다.

그리고 누군가 외쳤다.

"메렐레인이 안 보여!"

생각보다 몸이 먼저 반응했다. 휙— 나는 정신없이 허공으로 몸을 날렸다.

다음 순간, 누군가 또 외쳤다.

"어! 메렐레인은 저기 있구나."

나는 잠깐 발버둥을 친 다음, 검푸른 수면 위로 낙하했다.

풍당!

다행 중 불행으로 물속에 빠진 건 엘리사였다. 그녀를 간신히 잡긴

했지만, 그게 다였다. 짜디짠 바닷물이 콧구멍 속으로 밀려 들어왔고, 어질하더니 정신이 아득해져 왔다.

허푸허푸 —

잠기는 의식 속에서 털어놓는 거지만, 부끄럽게도 나는…….

수영을 못했다.

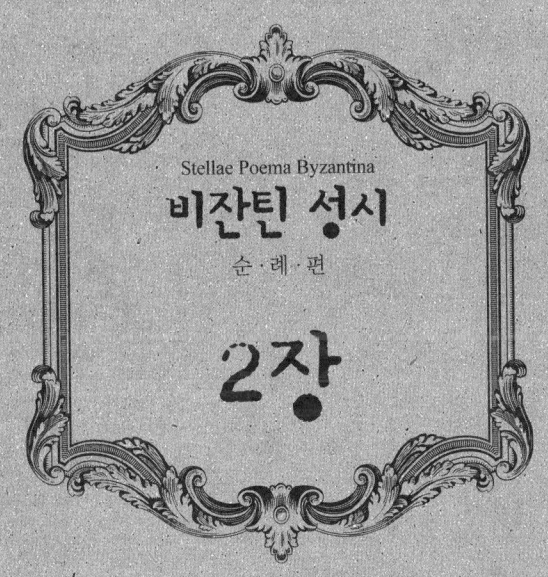

2장 1절
제노비아

　인어처럼 우아하게 물살을 가르는 그녀를 나는 날카롭게 번뜩이는 눈길로 쫓고 있다. 그녀는 이따금씩 물속에서 얼굴만 내민 채 손을 흔들어 보인다.
　"호호호. 카카르! 어서 들어와요!"
　나는 흐뭇한 미소를 띤 채 고개를 젓는다. 나는 물이 두렵다. 시퍼렇고 까마득한 저 물속이 무섭다.
　나는 백사장에 길게 몸을 누인다.
　저 위에도 바다가 있다. 구름 뒤에 숨은 햇살 냄새, 별을 스치는 바람소리. 그것은 다른 종류의 바다다. 그것은 삼키거나 가두는 법이 없다. 그것은 그냥 바라보기만 해도 내 몸에 날개가 돋친다. 그것은 끝없는 자유와 해방을 허락한다.

스르륵.

뭔가 향기로운 것이 하늘을 다 가린다. 한 여름의 녹음을 품은 듯한, 초록빛 눈망울이 나를 들여다보고 있다. 그녀다. 나는 도저히 눈을 감을 수가 없었다. 이 달콤한 꿈의 향연에서 쫓겨날까 봐.

내 얼굴 위로 그녀의 부드러운 머릿결이 흘러내렸다.

"카카르! 정신이 들어?"

"……."

낙타 오프리스와 엘리사를 섞어 놓은 듯한 기묘한 얼굴이 나를 내려다보고 있었다. 나는 외마디 비명을 질렀다.

"으악!"

오프리스와 엘리사를 섞어 놓은 듯한 얼굴이 합쳐지더니 엘리사가 되었다.

"의식을 찾아서 다행이다. 휴— 그래도 뭐야! 괴물이라도 본 것처럼. 나 참 기가 막혀서!"

그녀가 기쁨 반 불쾌 반 어우러진 묘한 표정으로 투덜거렸다.

파란 하늘은 온데간데없고, 통나무로 된 지붕이 보였다. 나는 의식이 멀어지는 듯한 표정으로 눈을 감으려 했지만, 실패했다. 엘리사가 눈꺼풀을 붙잡고 있었다.

"안녕!"

"됐네!"

"여긴…… 어디?"

"어디긴? 알렉산드리아지."

내가 몸을 일으키려 하자, 엘리사가 도끼눈을 하며 상체를 찍어 눌렀다.

"누워 있어!"

삭신이 욱신거리고, 폐에 물이 찬 것처럼 가슴이 답답했다. 어쨌든 간밤의 폭풍으로부터 무사히 살아는 난 모양이라 다행이었다.

"선장이란 사내가 수영도 못하냐! 아주 유리병이더군. 기절한 거 건져다 눕혔더니 이틀이나 지났잖아."

"어떻게 된 거야? 다른 사람들은? 스탄 그놈은?"

"하나씩만 질문해."

나는 엘리사로부터 자초지종을 들었다. 물에 빠진 나와 그녀를 구한 건 스탄이었다고 한다. 폭풍은 멈췄고, 동료들은 모두 무사했다. 예비용 돛단배로 떠돌던 중, 운 좋게도 베레니스에서 올라오던 어선에 구조되어 알렉산드리아까지 온 것이다.

항구 근처의 여관에서 나는 이틀 밤낮을 끓아떨어졌고, 메렐레인과 엘리사가 번갈아 가며 간호를 맡은 모양이었다.

뽀개지는 듯한 두통에 나는 머리를 감싸 쥐었다.

"그래. 그 녀석은?"

저 말미잘, 물귀신 같은 민둥머리 사내. 스탄의 행방에 대해 묻자, 엘리사가 허공을 쳐다보며 대답했다.

"키프로스로 간댔어."

"키프로스?"

"몰라! 그 살인고래 케투스를 쫓고 있나 봐. 부하들 복수를 하겠다나. 어쨌든 체포는 훗날로 미루겠대. 다음에 만나면 각오하라나."

"웃기고 자빠졌네."

"너한테 전하랬어. 폭풍 속에서 보여 준 사람들의 용기에 탄복했다고. 넌 요즘 세상에 보기 힘든 좀 많이 특이한 놈이라고."

"……."

나는 여신호의 침몰 소식도 들었다. 각오는 했지만, 생의 한때를 같이 했던 친구, 아니 전우였던 배가 가라앉았다고 생각하니, 팔다리가 잘린 것처럼 나를 구성했던 일부가 영원히 사라진 느낌이었다.

엘리사가 나가자, 나는 방 한쪽 구석에 난 작은 창문을 열었다. 비릿한 바다 내음이 바람에 섞여 들어왔다. 한낮의 일광에 눈이 잠시 멀진 않을까 긴장했지만 기우였다. 무겁게 깔린 구름이 금방이라도 무너져 내릴 것만 같은 칙칙한 날씨였다.

거대한 바다뱀이 누운 듯 늘어진 부두에는 고삐를 잡히러 들어오는 배들과 시끄럽게 소리를 지르며 짐을 부리는 일꾼들로 가득했다.

나는 왼쪽으로 고개를 돌렸다. 막막히 내려다보이는 항구의 왼쪽 저편으로 하늘 높이 솟은 거대한 불의 제단 같은 것이 활활 타오르는 게 보였다.

파로스 등대였다. 알렉산드리아가 확실했다.

이것으로 두 번째 방문인가. 입가에 저절로 미소가 흘렀다. 나는 그리움과 설렘이 공존하는 도시. 알렉산드리아의 풍경 속으로 눈을 떨구었고, 창틀에 기대 턱을 괸 채 대롱대롱 그대로 잠이 들어 버렸다.

어느덧 달이 차오르고 항구의 서편으로 해가 뉘엿뉘엿 떨어졌다. 나는 여관방의 미닫이문을 빠끔히 열고 아래층으로 내려갔다. 아래층은 보통의 여관이 다 그렇듯 선술집이었다.

삐걱삐걱 계단을 밟는데 아래층에서 말다툼 소리가 들려왔다. 하나는 엘리사의, 다른 하나는 루카의 목소리였다. 동료들은 둘의 싸움을 뜯어말리느라 바쁜지, 나를 투명인간 취급했다.
　메렐레인이 군신의 활을 가슴에 안고 곤란한 표정으로 말했다.
　"이 정도 담보로는 부족하나요? 이건 그냥 활이 아니에요. 그 옛날!"
　루카가 콧방귀를 끼며 시큰둥하게 되물었다.
　"그거 팔 수 있는 거예요?"
　메렐레인이 고개를 저었다.
　"어쩌라구요!"
　루카는 달아오른 볼을 씰룩거렸다.
　"티로스까지 태워 주기로 했잖아! 우린 2백 솔리두스나 지불했다고!"
　불만이 가득한 표정으로 엘리사가 소리를 질렀다.
　그러자 고개를 휙 돌린 루카가 짜증 섞인 목소리로 엘리사를 타박했다.
　"배는 잃었고, 힐데리크왕에게 받은 돈도 같이 가라앉았어. 더 이상 걸어서 티로스까지 갈 수도, 갈 이유도 없어. 우린 여기까지다. 뭐가 들었는지도 모를 보따리 같은 여자들 때문에 더 이상 개고생은 않겠어. 여기서 손 뗄 거니 알아서 해!"
　엘리사도 발끈하며 맞받아쳤다.
　"남자가 약속했으면 끝까지 지켜야지! 비겁하게 한 입으로 두 말 하냐?"
　"배 잃은 우리는 생각도 않지? 그 배가 어떤 배인데. 배 돌려냇!"
　"정어리 냄새 나는 고물배 따위, 알게 뭐야?"
　"뭐가 어째! 이런 은혜는 쥐뿔도 모르는 암고양이 같은 것! 그냥 콱 물귀신이 되도록 놔둘 걸 그랬다."
　다혈질인 루카는 한번 화가 치밀면 입이 대걸레가 되곤 했다. 그나저나 선술집 손님들이 호기심 가득한 눈으로 쳐다보고 있었다. 이런 데서 막 나갈 대화 내용은 아니었다. 더 큰일이 벌어지기 전에 막아야 했다. 그럴 찰나.

짜악!!

손바닥이 볼따구니에 찰지게 달라붙는 소리가 났다. 엘리사의 팔이 풀 스윙으로 지나가고, 루카의 고개가 돌아간 후였다. 흠, 저건 제대로 맞았군. 아프겠어.

루카의 눈에서 불똥이 튀었다. 하지만 다행히 그 이상 진행되지는 않았다. 여자를 때릴 녀석도 아니었지만, 노랑머리 아가씨의 눈에서 눈물이 글썽였기 때문이다.

"그래! 놔두지 그랬어! 나같이 도움도 안 되는 녀석 따위. 물에 빠져서 미안하네!"

문을 박차고 뛰어나가는 엘리사를 로잔이 뒤따라갔다.

투덜거리던 루카도 의자를 발로 걷어차더니 위층으로 올라가 버렸다. 월영은 앉아서 뭔가를 처마시기 시작했고, 바르카는 선술집 여급에게 작업을 걸 참이었다.

나와 노아, 메렐레인만이 곤혹스런 표정으로 서로 얼굴만 쳐다봤다. 내가 어깨를 들썩여 보이자, 메렐레인의 입가에 미소가 흘렀다. 잔잔했지만 애써 짓는 것은 아니었다. 나는 그것으로 족했다.

그때 누군가 내 등을 쿡 찔렀다. 돌아다보니 웬 여자가 방긋 웃으며 손을 흔들고 서 있었다. 나는 한참을 멀뚱하게 여자를 바라보았다. 그녀가 불편한 미소를 짓자, 내가 물었다.

"뭐요?"

여자는 20대 중후반 쯤 되어 보였는데, 볼륨감 있는 체형에, 눈높이

가 나랑 비슷한 중키였고, 다갈색 눈동자에, 밤하늘처럼 찰랑이는 검은 머리, 피부도 해풍에 그을린 듯한 갈색인 것으로 보아 히스파니아나 페르시아 계통으로 추정 가능한, 어쨌든 미녀였다.

여자는 보시시 눈웃음을 치며 내 질문에 답했다.

"본의 아니게 얘기를 엿들었습니다. 우선 사과드리지요"

뭐, 딱히 사과 받을 일은 아니었다. 여기 선술집 손님들 중 뚫린 귀라면 아니 들었을 이 없을 테니까. 여하튼 여자의 다음 말이 가관이었다.

"그 의뢰비와 배편은 내가 줄 수 있는데……."

이건 또 무슨 종류의 뜬금포인가! 나는 좀 더 뒷말의 악센트가 올라간 어조로 물었다.

"뭐요??"

여자는 흥분하지 말라는 뜻인지, 양 손바닥을 들어 보였다.

"아, 물론 빌려 준다는 뜻이지, 공짜는 아니에요. 이자도 분명히 챙길거구요……. 대신, 조건이 있어요!"

아하! 이거 장삿속이었군. 쌔끈하게 생긴 여자가 속은 영 거무튀튀한 게 누굴 호구로 아나!

"그 조건이란 게 뭐죠?"

여자 꼬시다 말고 돌아온 바르카가 불쑥 끼어들었다. 내가 뭔가 지껄이려 했지만, 바르카는 '다른 뾰족한 수가 있냐?'는 눈빛으로 꼬나보는 바람에 입을 닫았다.

여자는 입질을 본 낚시꾼의 눈을 한 채 말했다.

"같이 가게 해주세요. 그게 조건이에요."

우리 일행이 되겠다는 소린가? 이 여자, 무슨 꿍꿍이지? 같이 가자니. 설마! 자객인가?

나는 킁킁거리며 여자의 앞태, 뒤태에 사정없이 코를 갖다 댔다. 음…… 이건 백합 향기? 아니, 석류인가? 수상한 냄새는 아니군. 킁킁.

그녀는 손으로 슬쩍 내 얼굴을 밀어내며 말했다.

"별 뜻은 없어요. 단지 원금은 확실히 받아야 하니까…… 정도로 해두죠. 호호."

나는 그녀의 얼굴 가까이로 내 얼굴을 들이대며 물었다.

"당신, 뭐요? 고리대금업자나 그런 부류요?"

그녀는 별로 당황한 기색도 없이 자연스럽게 반응했다.

"후훗! 뭐, 비슷하다고 해두죠."

들을수록 히스파니아 억양이 강하게 느껴졌지만, 그녀의 라틴어 구사 실력은 간결하고 정확했다.

"저기, 그리스어도 하시나요?"

나는 뭔가를 확인할 심산으로 대화의 줄기와는 상관없는 질문을 했다.

"네? 아, 네! 근데 그건 왜?"

예로부터 라틴어와 그리스어를 둘 다 제대로만 구사하면 교양인으로 인정받았다. 귀족은 몰라도 그녀는 그런 의미에서 교양인인 셈이다. 적어도 사기꾼은 아닌 듯했다.

"별 뜻이 있어도 할 수 없겠죠. 우리한텐 선택지가 없으니까."

나는 계약 성립의 뜻으로 손을 내밀어 보였다.

그녀의 얼굴이 환해졌다.

"좋아요. 그럼 결정됐으니 어서 그 활부터 냉큼 치워요. 구체적인 계약은 내일 하기로 하고, 이건 오늘 밤 묵을 숙박비예요."

그녀가 안주머니에서 금화 한 닢을 내어 던졌다. 나는 공중에서 동전을 낚아챘다.

이 여자! 군신의 활에 대해 뭔가 알고 있는 건가? 나는 여러 가지 가능성을 머릿속에 굴리며, 동전을 한 닢 베어 물었다. 금화가 맞았다.

"그건 그렇고, 배는요? 있긴 있는 거요?"

나의 미심쩍은 어조에 기다렸다는 듯 그녀가 말했다.

"걱정 붙들어 매요. 내 친구의 배를 타면 되니까. 내일 로키아스 곶에 있는 조선소로 나오면 알게 될 거예요. 그럼 이만."

그녀가 등을 돌렸다.

"잠깐!"

"……?"

"내 이름은 카카르. 이름 정도는 주고 가쇼!"

그러자 그녀가 눈 밑에 애교 살을 만들며 말했다. 당당하고 또박또박한 어조였다.

"제노비아 아르시노에"

제노비아가 이름이고, 아르시노에는 성이겠지. 그런데 참 이름 한번 화려 무쌍하군. 필시 본명은 아닐 터이다.

"제노비아라면…… 팔미라[24] 여왕? 아르시노에는 가만 있자…… 이집트 여왕?"

"당신…… 놀랍군요. 옹홍홍!"

---

24 성서에는 타드모르란 이름으로 등장하고 솔로몬 왕이 세운 도시로 알려졌다. 267년 아름다운 여왕 제노비아의 치세 하에 잠깐 번영했다가 271년 로마 황제 아우렐리아누스에게 정복당한다.

그녀의 암갈색 눈동자가 순간 번쩍이나 싶더니, 이내 코맹맹이 웃음을 흘리며 뒷걸음질 쳤다. 그녀는 손바닥에 키스를 모아 후 — 불어 주는 것도 잊지 않았다.

그날 저녁이었다.
작은 램프 하나가 좁은 방을 침침하게 밝히고 있었다. 벽면에 나타난 그림자가 배고픈 늑대처럼 이리저리 뒹굴고 있었다. 나였다.
'대도시 알렉산드리아의 들뜬 저녁은 사람을 쉬이 잠들지 못하게 한다.'고 생각하고 싶었지만, 사실은 아까부터 쉬야가 마려웠다. 고향에서라면 창문을 열고 야수처럼 그냥 갈겼겠지만, 알렉산드리아의 문명이 나를 억누르고 있었다.
"에잇! 피곤해 죽겠고만."
나는 더는 못 견디고 몸을 일으켰다. 벽에 걸린 램프를 집어 들었다. 빨리 싸고 와야지!
침실을 빠져나와 어두운 복도로 발길을 옮겼다. 삐걱삐걱 나무 층계를 딛고 아래층으로 내려갔다.
부스럭!
응?
층계 밑에 뭔가 있었다. 하얀 옷 같은 것이었는데, 그 위에 노란 게 흔들거린다. 꿀꺽! 노란 게 흔들거리다가 휙 돌아가더니 번쩍하고 나를 노려봤다.
"으악!"
"나야!"

계단 밑에 똬리를 틀고 앉은 것은 엘리사였다. 하마터면 오줌을 지릴 뻔했다.

"카악! 기집애. 뱀인 줄 알았네. 뭐해? 여기서."

"그냥. 잠도 안 오고……."

"……!"

나는 램프를 내려놓고 엘리사 옆에 앉았다. 엘리사는 더러는 쪼그린 무릎 사이로 고개를 묻고, 더러는 멀뚱한 시선으로 어둠 속 무의미한 공간을 하염없이 응시하곤 했다.

"뭐, 걱정 있어?"

우스꽝스런 질문이었다. 우리 꼬라지 자체가 걱정거리였다.

엘리사는 고개를 비스듬히 내 쪽으로 향했다. 쌍갈래로 땋아 늘어뜨린 머리카락을 손가락으로 베베 꼬며 그녀가 말했다.

"아깐 미안했어!"

"뭐가?"

"그 배. 카카르한테는 소중한 거잖아. 그렇게 말해선 안 되는 거였어."

"아, 그거."

이럴 땐 뭐라고 해야 하나. 뭔가 멋진 대사가 언뜻 떠오르지 않았다. 나는 사과하는 것도, 받는 것도 익숙지 않은 사람이었다. 나는 소매를 걷어 올려 가렵지도 않은 팔뚝을 연신 긁어댔다.

서로의 침묵 속에 잠시 어색한 시간이 흘렀다.

"잠 안 오면 어디 놀러 갈래? 멋진 데 있는데."

엇! 이런 주둥이를.

당황스런 내 표정과 달리 엘리사의 얼굴이 밝아졌다. 그녀가 눈동자를 반짝거리며 세차게 고개를 끄덕였다. 나는 하는 수 없이 램프를 손에 들었다.

그래서 우린 불이 꺼지지 않는 도시, 알렉산드리아의 야경을 구석구석 감상하기로 했다. 잠자는 오프리스를 억지로 깨워 데리고 나갔다. 물론 함부로 울지 못하게 입에 재갈을 물렸다.

오프리스를 타고 여관을 나오자마자 도시의 첫 경관이 시선을 압도했다. 파로스 등대였다. 백 미터가 넘는 거대한 탑의 원추형 불빛이 아폴론의 눈처럼 어둠 속을 비추고 있었다.

"와 — 꼭, 밤에 뜨는 태양 같아!"

엘리사가 흥분한 목청으로 말했다. 그녀의 표현이 적절했다.

불이 꺼지지 않는 도시라곤 해도, 알렉산드리아의 밤길은 어두웠다. 휴, 이게 무슨 짓이람. 한밤중에 들놀이라니! 눈물이 앞을 가렸다. 치직 치지직 소리를 내며 램프가 타들어갔다. 우리들 뒤로 길게 늘어진 그림자가 유령처럼 따라오고 있었다.

엘리사가 바짝 붙으며 내 허리를 감쌌다.

"……."

대도시의 길은 전에 한 번 걸어 본 경험이 있어서 다행히도 헤맬 일은 없었다. 이곳 알렉산드리아는 그 옛날 마케도니아의 알렉산드로스 대제의 이름을 따왔다. 비슷한 이름이 대왕의 원정지를 따라 수십 개가 존재한다고 하니, 가 보지 않아도 우리의 상상력이 대왕의 원정길을 따라 전 세계로 확장되는 느낌이다.

어쨌든, 이곳 이집트의 알렉산드리아는 지중해와 마레오티스 호수 사이 모래톱 위에 건설된 보석 같은 도시다. 알렉산드로스 광장으로 가는 길에 옆구리를 치며 엘리사가 물었다.

"저건 뭐야?"

왼편으로 폐허가 된 거대한 건물이 눈에 들어왔다.

"무세이온[25]과 대도서관의 잔해지."

"앗, 저게 그 유명한?"

"후후, 그래."

기대와 실망감이 교차된 눈빛을 하며 엘리사가 양 볼을 손으로 감쌌다.

"어쩌다가 저렇게 됐지?"

나는 한숨을 삼키고 어깨를 한번 들썩였다. 기둥에 오프리스를 맨 뒤 폐허 속으로 발걸음을 옮기자 엘리사가 따라붙었다. 나는 오래된 석판 하나가 반쯤 땅에 묻힌 곳에서 걸음을 멈췄다. 흙먼지를 뒤집어쓴 석판을 들어 올리고, 후 — 하고 불었다. 먼지 속에 죽어 있던 글씨가 되살아났다.

'학문에는 왕도가 없다.'

유클리드[26]였다. 그는 이곳에서 기하학을 저술했다.

무세이온은 학예의 여신인 뮤즈 여신을 모신 곳이었다. 거기에 딸린 대도서관엔 한때 50만 권이 넘는 책이 있었다고 한다. 지금은 전승하는지조차도 불분명한 고대의 비밀스런 지식이 이곳에 한때 넘치도록

---

[25] 프톨레마이오스 왕조 시대 알렉산드리아에 세워진 학술원. 박물관을 뜻하는 Museum의 어원이 되었다.

[26] 무세이온에서 프톨레마이오스 1세에게 수학을 가르친 그리스 수학자.

'존재했었다'.

조금 떨어진 곳에 또 다른 석판 조각이 보였다.

'천구의 중심에 자리한 것은 태양이며, 대지는 태양의 주위를 회전한다.'

아리스타코스[27]였다.

이곳 대도서관에서 세계가 측량되고, 셉투아긴타[28]가 번역되고, 인간이 해부되었다. 하지만 이 도서관은 2백 년 전 한 대주교의 말 한마디에 연기로 화해 이 세상에서 사라졌다. 어이없는 일이다.

나는 석판을 털어 낸 후 의복 사이로 밀어 넣으며 말했다.

"전쟁을 견뎌 낸 도서관도 삐뚤어진 인간과 종교의 신념 앞에선 무력한 법이지."

"응?"

"아냐. 암것두."

그녀의 갸우뚱 고갯짓을 뒤로 한 채, 나는 한걸음에 폐허를 빠져나왔다. 엘리사도 행여 나를 놓칠까 종종걸음으로 뒤따라 왔다.

우리는 다시 발걸음을 재촉했다. 길을 가는 동안 엘리사는 쉬지 않고 지껄였다. 하지만 미안하게도 그다지 귀에 들어오는 얘긴 없었다. 그 나이대의 소녀들이 그렇듯 대부분 머릿속에 박히기엔 너무 가벼운 주제들이었으니까.

그러는 동안 우리는 큰길이 만나는 교차점에 이르렀고, 대낮처럼 환

---

27 최초로 지동설을 제창한 그리스 수학자
28 구약성서의 원형

한 불빛의 향연을 만났다. 알렉산드로스 광장의 카니발이 빛의 바다를 이루고 있었다. 야시장이었다.

"와—!"

엘리사의 입이 쫙 벌어졌다.

나는 넋 놓은 소녀를 끌고 좀 더 안쪽으로 들어갔다. 장이 서는 광장인 아고라가 나왔다. 광장엔 도시의 운명을 관장하는 여신인 포르투나[29]의 신전도 있었다. 포르투나 여신은 오른손엔 한 척의 배를, 그리고 왼손엔 뿔피리를 들고 있었다.

광장에는 물건을 사고파는 사람들로 인산인해를 이루었다. 엘리사는 물건보다 사람 구경이 더 재밌는 듯했다.

"저기 턱수염이 없는 건 이집트 사람이지."

"그럼 저기 저 사람들은?"

"수염이 길고 옷이 화려한 걸 보니, 셈족[30]이군."

"와, 대단해. 카카르는 모르는 게 없네."

연방 감탄사를 쏟아내는 그녀였다. 이런 미워할 수 없는 녀석.

"저 사람들은 뭐지?"

엘리사가 가리키는 곳에 항아리를 나귀에 실은 사람들이 이리저리 돌아다니고 있었다.

"물장수."

"저기 저 여자들은?"

---

29 고대 로마의 운명의 여신. 운명을 뜻하는 Fortune의 어원.
30 아리안족, 햄족과 더불어 유럽 3대 인종 중 하나. 성서에는 노아의 맏아들인 셈의 자손이라 알려졌다. 대체로 현재의 아라비아인들에 해당.

화장을 짙게 칠한 여자 셋이 석축에 비스듬하게 몸을 기댄 채 이쪽을 바라보고 있었다. 하나 같이 화려한 옷차림인데, 옷감이 좀 부족해 보였다.

"창녀 누님들이네."

내가 반갑게 손을 흔들었다. 오프리스도 낑낑거리며 고개를 치켜들었다.

여자들이 치마를 반쯤 걷고 맨다리를 드러내자, 화들짝 놀란 엘리사가 꼬집듯이 나와 오프리스를 끌었다. 잰걸음으로 자리를 옮기는 우리들 뒤로 창녀들의 웃음소리가 들려왔다.

정말 다양한 종류의 인간 군상이 알렉산드리아라는 대도시의 혈관에 활력을 불어넣고 있었다. 지중해 세계에 이런 모습을 볼 수 있는 곳은 여기 말고 딱 한 군데 더 있다. 바로 콘스탄티노플. 나는 한 번도 가 보지 못한 제국의 수도가 참을 수 없이 궁금했다.

우리는 바드의 시를 들었다. 그다음으로 달변가의 정치 연설도 들었다. 길거리 화가로부터 엘리사의 초상화도 즉석에서 그렸다. 실물보다 잘 나왔다는 칭찬에 배시시 웃으며 어쩔 줄 몰라 하는 단순한 소녀였다.

그러던 중에 이집트인 삐끼를 하나 만났다. 그는 콥트어[31]로 뭐라 지껄였는데, 내가 알아듣지 못하자 그리스어로 바꿔 말했다.

"좋은 데 있어요. 안내할게요."

알렉산드리아의 길은 바둑판 모양이라 길 찾기가 그리 어렵진 않았고 굳이 삐끼도 필요 없었다. 그래도 호기심을 주체할 수 없는 엘리사

---

31 아랍어에 밀려 사어가 되어 버린 고대 이집트어

의 강력한 요청에 따라 우리는 삐끼를 따라 '좋은 곳'으로 안내되었다.

도착한 곳은 알렉산드리아에서도 손꼽히는 고급 주점 '뮤즈'였다. 뮤즈는 찾는 사람이나 서비스에서부터 일반 선술집과는 격이 달랐다. 당연히 우리 같은 어중이떠중이의 정문 출입은 불가능했다. 다행히 나는 숙박비를 지불하고 남은 돈을 삐끼에게 쥐어준 대가로, 안으로 들어가는 개구멍을 하나 확보할 수 있었다. 오프리스를 바깥에다 맨 뒤, 우리는 복도에 걸린 귀족용 겉옷을 대충 걸치고 안으로 들어갔다.

뮤즈의 내부는 번쩍이는 대리석 바닥으로 빛났고, 벽면을 따라 화려한 색실로 그림을 짜 넣은 태피스트리가 촘촘히 걸려 있었다. 우리는 하프 연주가 감미롭게 흘러나오는 중앙홀로 걸어 들어갔다. 훔친 의복 덕분인지, 다행히 아무도 우리를 의혹의 눈빛으로 쳐다보진 않았다.

홀에는 흰 대리석으로 조각된 여신상이 섰는데, 여신상 옆에는 물보라를 쏟아 내는 분수대를 배경으로, 전라에 가까운 옷을 걸친 무희들이 춤을 추고 있었다. 삼나무 탁자에 앉은 주객들의 군상은 다양했다. 귀족뿐 아니라 칼을 찬 군인에 부유한 상인들도 보였다. 그들은 무희의 야릇한 눈빛을 안주 삼아 서로 거나하게 술잔을 부딪쳤다.

엘리사는 목이 타는지 연신 마른침을 삼켜 댔다. 나는 여기저기 두리번거리다 홀 중앙에 바깥으로 연결된 샘을 하나 발견했다. 운 좋게도 샘 안엔 와인이 담긴 항아리들이 둥둥 떠다니는 게 아닌가. 나는 슬쩍 항아리 하나를 걷어 올렸다.

"마셔!"

"……?"

내민 포도주 항아리를 본 엘리사는 잠시 망설이더니, 항아리를 입으로 가져가서 한 모금 주욱 들이켰다.

"와! 맛있다!"

그녀의 구김살 없는 표정에 희색이 가득했다. 그녀는 꿀꺼덕 한 모금 더 들이켰다. 벌써 그녀의 발그레한 볼 한가득 취기가 돌았다. 나는 항아리를 빼앗아 한 모금 삼킨 뒤 샘물에 엎어 버렸다.

"여기까지. 취하면 곤란하다고."

하프 튕기는 소리가 멈췄나 싶었다. 술을 마시던 청중이 자리에서 일어섰고, 곧 무희들과 어우러졌다. 귀족들의 윤무가 시작될 참이었다. 잠시 후 하프 연주가 다시 이어지더니, 선남선녀들이 원을 그리며 천천히 돌아갔나. 야릇한 술 향기, 선성석인 몸짓, 춤추는 남녀의 희열에 찬 얼굴들. 눈요기만으로도 뱃속이 차오르는 느낌이 들었다.

그때 문득 달콤한 석류 향기가 코끝을 스쳤다. 어떤 여자가 뒤에서 엘리사와 나의 목을 살포시 껴안았다. 치한인가? 나는 화들짝 놀라 고개를 돌렸다.

"엇!"

"쉬이!"

여자가 손가락으로 내 입을 지그시 눌렀다.

"당신은!"

별안간 우릴 덮친 여자는 다름 아닌 제노비아였다.

"여긴 어떻게?"

"옹홍홍!"

제노비아는 특유의 손을 반쯤 가린 웃음을 지었다. 그녀는 다시 뒤에서 목을 와락 껴안았다.

"그건 내가 할 질문이야. 이런데 드나들 나이는 아닌 거 같은데……. 하긴, 남자라면 그 정도 취향은 당연한 거지."

만난 지 몇 시간 됐다고 벌써 친한 척 말끝이 짧아진 제노비아는 내 귀에 후 — 하고 입김을 불어넣었다. 옅은 술 냄새가 났다. 도끼눈을 한 엘리사가 옆에서 활활 타오르는 게 느껴졌다.

"현지답사예요. 취향은 무슨."

"어머나, 부끄러워하긴. 귀여운 구석이 있네? 호호호."

사람 놀리는 게 재밌는지 제노비아는 키득키득 웃으며 몸을 좀 더 밀착시켰다. 등에 봉긋하고 부드러운 것이 느껴졌다. 이런 망할. 어, 어엇! 합! 하늘에 계신 우리 아버지……. 나는 메렐레인의 주기도문을 주문처럼 외워 댔다.

제노비아는 그 상태로 손을 쭈욱 뻗어 손가락으로 화살표를 만들었다. 그녀의 화살표에 찍힌 주객들의 이름과 출신이 하나씩 나열되었다. 그녀에 말에 따르면 여기 손님의 대부분은 외국 사절이었고, 하나같이 거물들이었다.

제노비아, 이 여자 도대체 정체가 뭐지? 왜 나한테 이런 걸 알려 주는 거야! 정말 믿어도 될까?

나는 헤르메스를 따르며, 상인과 도적의 세계에 속한 자. 내 직업적 의심이 이 속을 알 수 없는 미궁 같은 여인의 속내를 끊임없이 경계하고 있었다.

"춤추고 싶다."

엘리사가 불쑥 말을 끊었다. 취기에 몸이 달아오른 건지, 제노비아의 부담스런 행태가 마음에 안 든 건지 모르겠지만, 그 덕에 나는 내 어깨를 감았던 제노비아의 팔에서 풀려날 수 있었다.

제노비아가 잠깐 생각에 잠기더니, "기다려 봐!" 하고는 저쪽으로 걸어갔다. 잠시 후 그녀는 붉은색 드레스 한 벌을 손에 들고 나타났다.

"입어 봐!"

"......!"

"기회는 있을 때 잡는 거야. 어서!"

부담스런 눈빛으로 망설이던 엘리사는 내가 고개를 끄덕이자, 샐쭉 웃으며 탈의실을 찾아 자리를 빠져나갔다. 그녀가 사라지자 제노비아가 게슴츠레 눈을 좁히며 얼굴을 들이댔다.

"동생이니?"

"동생은 무슨."

"그럼 여자 친구니?"

"아니거든요."

제노비아가 실눈을 뜨고 곁눈질을 했다. 나는 헛기침을 크게 한 번 하고는 얼른 화제를 돌렸다.

"근데, 여기 왜 이렇게 군 장교들이 많죠? 전쟁이라도 하려나."

남자처럼 팔짱을 깊게 낀 제노비아가 담담한 목소리로 답했다.

"수도 쪽 사정이 별로 좋지 않아. 너도 알다시피 비잔티움과 페르시아는 전쟁을 너무 오래 했잖아. 이번에 수확제와 맞물려 콘스탄티노플에서 큰 축제가 있을 거야. 히포드롬[32]에서 전차 경주는 물론, 오랜만에 대규모 검투사 대회가 열린다는 소문도 있지."

검투사 대회. 비록 백 년 전 호노리우스 황제의 경기 폐지 선언 후 공식적으론 역사에서 사라졌지만, 전차 경주 따위가 넘볼 수 없는 흥행성과 중독성을 가진 검투 경기를 포기할 시민과 권력자는 없었다. 콜로세움에서 지하 검투장으로 자리만 옮겼을 뿐, 검투 대회는 암암리에 열리고 있었다. 그것이 이번에 지상으로 올라온다는 얘기였다.

"유스티니아누스 황제의 권력기반은 아직 약하니까. 비록 기독교 교리에는 반하겠지만, 시민들의 마음을 사는 데는 검투 경기만 한 게 없지."

술잔을 든 시녀로부터 포도주 두 잔을 받은 제노비아가 하나를 내 쪽으로 건넸다.

"술잔 속 빨간 액체가 검투사의 피라면, 너는 목마른 관중인 셈이지. 자, 이제 진실을 말해 봐. 너 같으면 술잔을 위로 향할래? 아래로 향할래?"

내가 철학을 논하거나, 십자가를 짊어진 자라면 달랐겠지만, 나는 본능에 충실할 일개 범부에 지나지 않는다. 더 물어볼 것도 없었다. 나는 아래로 향한 술잔의 붉은 유혹을 단숨에 입속에 털어 넣어 욕망의 뱃속을 채웠다.

제노비아가 내 어깨를 툭툭 치며 까르르 자지러졌다.

"솔직한 게 맘에 드네. 어디까지 했더라, 맞다. 민심이 흉흉한데 축제까지 열리면 먹거리가 충분해야 하잖아. 그래서 황제는 알렉산드리

---

32 콘스탄티노플에 세워진 전차경주에 사용되던 경기장

아의 곡물을 한시라도 빨리 반출하려고 다르다넬스 해협 근처 테네도스 섬에 커다란 곡물 창고를 마련했어. 근데 그놈 살인 고래 케투스가 출현한 거야. 케투스 출몰엔 뜬소문이긴 하지만 페르시아나 콘스탄티노플의 녹색 당원들도 개입돼 있다는 말도 있고, 어쨌든 만에 하나 곡물선이 당하는 날엔 제국의 존망을 걱정해야 할지도 몰라. 그래서 전에 없이 대규모 해군이 동원되어 온 거야. 뭐, 페르시아 쪽도 어렵긴 마찬가지긴 해. 카바드왕[33]이 후계 문제로 암투가 벌어지고 있는데다 동쪽에선 에프탈족의 침공, 내부에선 마즈다크[34] 교도들 때문에 골머리를 앓고 있지."

띵 — 머리가 다 지끈거렸다. 이 여자, 확실히 보통은 아니다.

목이 컬컬한지 제노비아가 술잔을 들어올렸다. 키스하듯 술잔에 입맞춤한 그녀가 야릇한 눈빛으로 나를 쳐다봤다. 수위를 한번 살피고는 그녀가 귓속말로 내게 물었다.

"재밌는 거 하나 가르쳐 줄까?"

흥미 없다. 내가 고개를 가로 젓자, 제노비아의 긴 팔이 다시 내 목을 휘감아 왔다.

"알았어. 가르쳐 줄게."

나는 숨이 턱 막혔다.

"좀 놓고 얘기하죠."

---

[33] 사산조 페르시아의 왕. 531년 칼리니쿰 전투에서 동로마의 벨리사리우스를 패퇴시키고, 아들 호스로우에게 왕위를 물려준다.
[34] 사잔조 페르시아의 사회개혁가 마즈다크의 가르침을 따르는 종파. 재산의 공유를 골자로 하는 공산주의적 사상 때문에 제국 각지에 큰 혼란을 가져왔다.

"시끄럿! 잘 봐. 저기 저 상인 복장을 한 남자 말이야. 장사치 치고는 좀 넘쳐 보이지 않아?"

제노비아가 가리킨 것은 터번을 푹 눌러쓴 젊은 남자였는데, 늘씬한 체격에 서늘한 눈매가 예사롭지 않은 사내였지만, 내 눈에는 그저 그런 손님 중 하나로만 보였다.

"글쎄, 잘 모르겠는데?"

"후훗."

제노비아가 장난기 가득한 표정으로 눈을 흘겼다. 왠지 질문을 해야 할 것 같았다. 나는 불안한 마음으로 물었다.

"누군데요?"

그녀의 다갈색 눈동자가 은밀하게 빛났다.

"호스로우[35]. 페르시아 카바드 왕의 아들이지."

비잔티움과 쌍벽을 이루는, 아니 능가한다는 대제국 페르시아 사산 왕조의 왕자가 눈앞에 있다니. 그것도 적국의 술집에서 말이다. 자국민도 평생에 한 번 볼까 말까 한다는데…….

"페르시아 왕자?? 웁!"

나는 거의 비명에 가까운 반응을 보였고, 화들짝 놀란 제노비아가 잽싸게 내 입을 틀어막았다. 나는 그녀의 벌어진 손가락 틈으로 필사적으로 입을 내밀었다.

"어째서 페르시아 왕자쯤 되는 사람이 이런데서 얼쩡거리지? 당신

---

35 이란(페르시아) 역사상 최고의 왕. 불멸의 영혼을 뜻하는 호스로우 아누시르반으로 후세에 길이 칭송된다.

은 또 페르시아 왕자의 얼굴을 어떻게 아는 거야? 당신 도대체 누구 야! 읍!"

제노비아가 벌어진 손가락을 마저 닫았다. 고개를 절레절레 흔들던 그녀가 나무라듯 말했다.

"그게 중요하냐! 입 잘못 놀리면 여기 연회장이 전쟁터가 된다고."

나는 알았다는 표시로 고개를 끄덕였다. 휴 — 하고 한숨을 쉬더니 그녀가 말을 이었다.

"연회장 곳곳에 같은 상인 차림을 한 덩치들이 보이지? '이모탈'이라 고 불러. 페르시아 최정예 기사 집단이야. 잘못 건들면 여기, 피바다 돼. 자, 이제 손을 치울 테니까. 착하게 굴어! 알았지?"

끄덕끄덕.

그녀가 내 입의 봉인을 해제했다. 나는 세노비아가 이모탈이라 부른 페르시아 전사들에게로 눈을 돌렸다. 예닐곱쯤 되는 덩치들이 왕자의 주위를 서성이고 있었는데, 옷의 표면에 생긴 무늬로 봐서 안에는 체 인메일을 걸쳤을 것이다. 긴 옷단 안쪽에 차고 있는 건 분명 커다란 신 월도일 테지.

나는 이모탈들의 번뜩이는 안광을 느끼며 제노비아에게로 다시 고개 를 돌렸다. 그녀가 조금은 들뜬 목소리로 속삭이듯 말했다.

"잘 기억해 둬, 카카르. 제국엔 벨리사리우스라는 젊은 천재 장군이 있지. 앞으로 시대는 호스로우와 벨리사리우스, 저 두 사람을 중심으 로 움직일 거야. 언젠간 운명처럼 격돌하게 될 젊은 두 영웅. 어때, 흥 분되지 않아?"

그때 제노비아의 눈빛은 여느 사람이랑은 많이 달랐다. 나는 그녀의 눈에서 미래를 들여다보는 듯한 현자의 통찰력 같은 걸 어렴풋이나마 읽을 수 있었다. 벨리사리우스라는 이름은 로잔이 얘기한 적이 있었지만, 그 당시 내 관심은 다른 데 있었다. 그래서 제노비아가 지껄이듯 내뱉은 말을 일일이 기억할 순 없었다.

나는 아주 오랜 시간이 지나서야, 희미하게 이날 제노비아가 한 말을 떠올리게 된다. 훗날 내 먼 여정의 끝에, 한 사람은 극복해야 할 적으로, 또 다른 한 사람은 친구로 조우하게 된다. 바로 플라비우스 벨리사리우스와 호스로우 아누시르반이었다.

"어이, 이봐요. 아저씨!"

누군가 내 팔을 툭 쳤다.

붉은 드레스에 가면을 쓴 여성이 배시시 웃고 있었다. 내가 알고 있는 소녀지만, 내가 알고 있는 소녀가 아니었다. 그 변신 소녀는 다름 아닌 엘리사였다.

"엘……리사?"

그녀는 킥킥거리며 민망한 듯 몸을 베베 꼬고 있었다.

"드레스 잘 어울리네."

나는 뒷머리를 부석부석 쓸어 올렸다.

"……."

"……."

"나 원 참. 눈치 없긴. 뭐해! 한번 춰 주지 않고."

"누구? 나?"

나는 제노비아에게 떠밀려 엘리사의 허리를 붙잡고 빙글빙글 원을 돌았다. 영혼이 빠진 얼굴로 하염없이 웃고 있는 나를 엘리사는 잘도

가지고 놀았다. 가면을 쓴 엘리사는 의외로 대담했다. 사람은 얼굴이 보이지 않으면 용감해지는 특성이 있나 보다.

그날 붉은 드레스의 엘리사는 손님들의 시선을 사로잡았고, 우르르 사람들 사이에 둘러싸였다. 너무 많은 사람이 몰리는 바람에, 한편으로는 누군가 알아볼까 두렵기도 했다.

이젠 거길 벗어날 시간이었다. 제노비아의 도움을 받아 우리는 뮤즈를 빠져나왔다. 정신없이 달리다 보니 판[36] 신전에서 발길이 멈췄다.

판은 숲의 신이자 염소 떼의 보호자로 자연을 관장하는 신이다. 신전은 언덕 위에 세워진 터라 도시 전체가 한눈에 들어왔는데, 신전에서 굽어보는 알렉산드리아의 야경은 최고였다.

신전에서 나오자 가랑비가 내리기 시작했다. 알렉산드리아는 이프리키야에서도 비가 가장 많이 내리는 지역이다.

나는 망토를 벗어 앞으로 좌악 펼쳤다.

"신기한 거 보여 줄까? 힘껏 달리면 머리는 젖지 않아."

펼쳐 놓은 망토 앞으로 빗물이 비껴 맞으며 우리는 여관까지 한달음에 달려갔다. 그녀의 밝고 환한 미소를 볼 수 있었던 하루였다.

다들 잠에 곯아떨어져 있었다. 침소에 들기 전, 엘리사가 잠시 나를 불러 세웠다.

"나…… 사실 알고 있었어."

"응? 뭘?"

---

36 그리스 신화에 등장하는 춤과 음악의 신. 염소와 인간을 합친 듯한 모습이다. 공포를 뜻하는 Panic의 어원.

"네가 구하려고 한 사람…… 내가 아니라는 거."

엘리사의 눈이 동그랗게 아치를 그렸다.

"잘 자, 카카르. 그리고 힘내! 후훗."

2장 2절
시구르손

　우리는 다음 날, 알렉산드리아의 동쪽 해안에서 바다 쪽으로 튀어나온 로키아스 곶으로 떠났다.

　로키아스 곶에는 우거진 수풀 사이로 하얀 돌로 지은 건물들이 늘어서 있었는데, 로잔의 말에 따르면 왕궁이었다. 왕족들은 이곳에다 제각기 자신의 궁전을 지었던 모양이다. 알렉산드리아 총독의 저택과 경비병 숙소도 이곳에 있었다. 멀리 신전 하나가 보였는데, 로잔은 이시스[37] 여신을 모시는 사원이라고 했다.

37　나일 강을 주관하는 풍요의 여신. 대지의 신 게브와 천공의 여신 누트의 딸로 오빠인 오시리스와 결혼해 태양신 호루스를 낳았다.

우리는 항구로 들어섰다. 이윽고 로잔의 해설이 이어졌다.

"여기가 유노스토스. '기쁜 회항'이라는 뜻의 대항구입니다."

'헵타스타디온'이라 불리는 긴 제방이 서쪽 파로스 항구와 동쪽의 대항구를 가르고 있었다. 제방을 따라 시장이 길게 늘어서 있는데, 멀리 시장의 끝에는 언덕이 하나 있고, 그 언덕 위에는 디오니소스[38] 신전이 웅장한 모습으로 우뚝 서 있었다.

멀리 외국에서 모여든 배들이 여기 저기 닻을 내렸다. 대항구는 원래 군선 전용 항구인데, 콘스탄티노플로 가는 곡물선만 십여 척이 넘게 보였다.

로잔이 말했다.

"북쪽 수도까지의 수송기간은 그리 길지 못해요. 넉 달 정도. 그 기간 동안 콘스탄티노플에만 백여 척이 삼백만 자루의 곡물을 실어 나르죠. 알렉산드리아가 없으면, 황도 사람들은 굶어 죽습니다."

"저거 돈 되겠군. 여신호만 건재했더라도 우리도 곡물선으로 한몫할 수 있었을 텐데……."

루카가 푸념조로 말했다.

후후. 루카 녀석은 배는 잘 모는데, 장사엔 영 젬병일세. 나는 녀석을 계몽할 필요성을 느꼈다.

"하하, 순진하긴. 길드[39]에 가입도 안 한 놈을 누가 끼워 준대나?"

---

38 그리스 신화에 등장하는 풍요와 포도주의 신
39 중세 유럽 상거래의 배타적 독점이나 기독교 우애 정신에 입각해 결성한 동업자 조합. 중세 도시는 대체로 상인과 수공업자로 구분되었다. 이들 시민은 각각 동업 조합인 길드를 만들었다. 이들 길드는 후에 도시가 발전함에 따라 도시 행정까지 장악하였다.

"길드?"

"카르타고 좀도둑들도 길드를 만드는데, 이런 대도시 해운업자들이 마구잡이로 장사하겠냐! 빗장을 쳐야 파리 떼가 안모여 들지. 모르긴 몰라도 이 정도 규모면 길드 뒤를 봐주는 놈도 방귀깨나 끼는 놈일 걸. 안 그래? 형!"

하품을 하며 꼬나보는 바르카였지만, 답변은 간단명료했다.

"총독이지."

길드를 봐주는 게 총독이라, 참. 그래서 가난한 놈은 죽을 때까지 가난한가 보다. 황금은 절대 나눠 가지는 법이 없으니까.

시장은 배에서 내린 각국 상인들로 북새통을 이뤘다. 시장이란 어디나 마찬가지지만 이방인에 대한 경계가 적은 곳이다. 내가 시장을 좋아하는 이유이기도 하다.

모든 길이 로마로 통했듯, 지중해로 나가는 모든 교역품은 이곳 알렉산드리아로 모여들었다. 이프리키야는 물론, 아라비아나 멀리 인도, 동령인들의 물품도 이곳을 거쳤다. 상아, 조각품, 희귀 과일, 보석, 각종 생필품 등 없는 게 없다. 또한 알렉산드리아는 각지에서 온 다양한 상인들 외에도 일리리아나, 다키아, 트라키아 등지에서 온 용병들에 심지어 거지들까지 다국적으로 끼어 있는 온갖 군상의 도가니였다.

어디선가 재스민 향기가 나서 나도 모르게 고개를 돌렸다. 긴 흑발의 무희가 스쳐 지나갔다.

"뭘 한눈을 팔고 있는 거야? 하여튼 사내들이란."

엘리사가 불쾌한 시선으로 쏘아붙이자, 나는 영문을 모르겠다는 표정을 지으며 딴전을 피웠다.

저쪽에서 바르카가 낙타 상인과 흥정을 하고 있었다. 드디어 적당한 구매자를 만난 모양이었다. 코미토 이하 세 마리가 팔려 넘어갔다. 오프리스가 구슬피 울어댔지만 어쩔 수 없었다. 회자정리라고 했던가. 만남은 이별을 전제로 한 것이기에, 오프리스도 언젠간 이해하리라 생각했다. 우리는 코미토의 고삐를 물고 안 놓는 오프리스를 억지로 떼어 내고는 발길을 옮겼다.

우리는 알렉산드리아 총독부 건물 맞은편에서 제노비아가 말한 조선소를 발견했다.

웅성웅성.

"요란하게 생긴 게 꼭 창녀같이 생긴 배군"

"젖비린내 나는 그리스 놈들. 카악, 퉷!"

항구 사람들 중 일부가 욕설을 내뱉고 있었다. 뭔가 했더니 웬 검은색의 배 몇 척이 정박해 있는 게 보였다.

"저 검은 배는 뭐야?"

엘리사가 물었다. 로잔이 고개를 갸우뚱했다.

트라이림[40]인가? 아니, 아니었다. 그것은 충각이 없는 새로운 형태의 무장 갤리선이었는데, 콘스탄티노플을 상징하는 깃발이 걸려 있었다. 아마도 살인 고래 케투스로부터 곡물선을 보호하려고 파견된 제국 해군의 신형 갤리선인 모양이었다. 세계 제일의 도시 타이틀을 빼앗긴 알렉산드리아 사람들의 눈에 제국이 내놓은 신형 배의 위용은 이곳 사람들의 자존심을 긁기에 충분해 보였다.

---

40 전투 갤리선의 원조격. 고대 그리스 해군의 주력 전투함으로 페르시아와 치른 살라미스 해전 승리의 주역이었다.

"유스티니아누스 황제의 새 전함이야. '드로몬'이라고 하지. 아마 지중해에서 제일 빠른 녀석일걸?"

뒤에서 불쑥 나타난 사나이가 능청스런 목소리로 말했다. 회색 올백 머리를 한 그 사내는 삼십대 후반쯤으로 보였다.

"어라! 너?"

나는 사내의 얼굴 가까이 손가락을 내밀었다. 그는 얼마 전 바다에서 케투스를 쫓던 하얀 범선의 주인이었다.

"뭐야, 서로 아는 사이야?"

사내 뒤쪽에서 제노비아가 걸어 나왔다. 영문을 몰라 어리둥절해 하는 우리들에게 제노비아가 설명을 늘어놓았다.

"서로 인사나 하세요. 어제 말했던, 여러분에게 배편을 제공할 친구랍니다. 생긴 건 좀 터프해 보여도 꽤 부드러운 남자니 안심하시구요. 호호호."

사내가 우리에게 가볍게 눈인사를 건네더니, 굵고 커렁커렁한 목소리로 웃으며 말했다.

"자자. 내 소개를 하겠소. 나는 무적의 시구르손이라 하오."

사내의 자기 소개는 간단했지만 동시에 어이도 없었다. 그래도 그의 서글서글한 눈빛이 일단은 마음에 들어 그냥 넘어가기로 했다.

제노비아에 따르면, 그는 먼 북방 출신이라 했다. 그곳은 사나운 바다와 눈보라로 뒤덮인 얼어붙은 동토의 땅. 우주수 유그드라실[41]이 세계를 떠받치는, 천공의 신 오딘을 따르는 자들의 고향이었다.

---

41 북구 신화에 나오는 토네리코의 우주수(宇宙樹). 세상에 가지를 펼쳐 세 개의 뿌리는 명부, 서리의 거인과 인간 세계에 이른다.

어쨌든, 우리는 시구르손이라 불리는 사내를 따라 조선소 뒤쪽으로 돌아갔다. 과연 그곳에 순백으로 빛나는 하얀 배 한 척이 자태를 뽐내고 있었다.

"와!"

"이게 우리가 탈 배야?"

"미안하지만, 여신호랑은 비교가 안 되는데."

모두들 입을 쩍 벌리며 저마다 형용할 수 있는 온갖 감탄사를 쏟아냈다. 가까이서 보는 배의 위용은 크기도 크기지만, 마치 미의 여신 아프로디테가 옆으로 누운 듯, 아름답고, 매혹적이며, 섹시하기까지 했다.

배는 생각대로 보통은 양옆으로 뻗어 나와야 할 노가 전혀 없었으며, 대신 마스트가 앞과 중간 그리고 뒤쪽에 하나씩 있었고, 삼각돛에 사각 돛이 복잡하게 얽혀 여러 층으로 돛포가 겹쳐져 있는 게 확실히 겔리선에서 볼 수 있는 구조는 아니었다. 게다가 선수의 해골상에다, 돛폭에 그려진 강렬한 해골 문양.

"순백의 해골선……. 범선이 맞아!"

나는 눈으로 보고도 못 믿을 광경에 눈물이 다 날 지경이었다.

시구르손은 배 이름을 '니오르드호'라고 했다. 바람과 바다를 관장하는 그들의 신에서 따온 이름이었다.

북방의 바다색을 닮은 회색 머리의 시구르손이 팔짱을 끼고 흐뭇한 듯 미소 지었다.

"이 녀석은 신이야. 대서해에서 살아 돌아온 불사신이지. 그래서 해골상을 붙였고 말이야. 죽은 자는 절대로 죽지 않으니까. 껄껄껄."

나는 촉촉해진 눈가를 몰래 소매로 훔치고는 따지듯이 물었다.

"뭐라고? 헤라클레스의 기둥 너머 대서해 말이야? 거긴 심연으로 떨어지는 폭포잖아!"

"크크크. 하하하하!"

시구르손은 기분 나쁘게 쳐웃어댔다. 물어도 대답 않는 사내는 뭐가 그리 웃긴지 어깨까지 들썩이고 있었다. 같은 뱃사람으로 모욕감을 느낀 나는 큰소리로,

"저기, 배 좀 찬찬히 훑어봐도 될까요?"

라고 외쳤다.

"크크크. 어, 물론이지. 너무 거칠게 대하진 말고, 아하하하!"

메렐레인은 왠지 제노비아를 경계하는 눈빛이었다. 제노비아도 그런 눈빛을 느꼈겠지만, 그저 빙실빙실 웃을 뿐이었다.

배 구경이 끝나고, 우리는 출항허가증을 받기 위해 제노비아를 따라 총독 관저를 방문했다. 알렉산드리아에서 배를 타려면 다른 곳과 달리 허가증이란 게 필요했다. 종이 쪼가리를 손에 들고 나온 제노비아는 볼멘소리로 투덜댔다. 그녀가 총독 관저에 지불한 돈은 50드라크마가 넘었다.

"나도 도둑이지만, 날도둑놈 같은 놈들!"

내가 총독 관저를 향해 갖은 비방과 욕설을 늘어놓고 있을 때, 바르카가 오프리스의 등에 뭔가 잔뜩 싣고 나타났다. 그리스 미술품에, 도자기에, 보석 세공품까지 종류가 꽤 다양했는데, 낙타 세 마리를 판 대금으로 다음 기항지에서 되팔 물건들이었다.

드디어, 니오르드호의 출항을 알리는 소리가 들렸다. 배에서 승선용

사다리가 내려왔다. 니오르드호의 선원들로 보이는 수십 명의 사람들이 배 위에서 손을 흔들어 댔다. 승선용 사다리를 밟고 맨 먼저 엘리사가, 그다음은 메렐레인이 차례차례 배로 올라갔고, 오프리스를 끝으로 승선이 완료되었다.

예인선 두 대가 항구 밖까지 배를 끌고 갔다. 잠시 후 예인선의 줄이 풀렸고, 순풍에 해방된 니오르드호의 수많은 날개가 일제히 날갯짓을 했다. 내가 지금껏 경험한 최고의 배가 날아오르는 순간이었다.

니오르드호는 나일 강 델타[42]를 끼고 동쪽으로 질주하고 있었다.

우리는 선실에 옹기종기 모여 앉았다. 니오르드호의 조리사 욘달을 필두로, 항해사 토마스, 조타수 얀, 마지막으로 갑판장 조안이 들어왔다. 갑판장 조안을 빼고는 다들 역전의 명수처럼 험상궂게 생겼는데, 각자의 손에 지중해를 대표하는 요리를 하나씩 들고 있었다. 말하자면, 신고식인 셈이었다.

시구르손의 말을 빌리면, 니오르드호의 가족들은 출신도 인종도 다양했지만, 선원으로서의 실력도 최고였다. 배에는 이런 선원들이 백 명이 넘게 생활하고 있었다. 여하튼 그날 저녁, 니오르드호의 선원들과 함께한 선상 식사는 근사함 그 자체였다.

시구르손은 바르카와 비슷한 데가 많았다. 훈남인데다 성격도 시원시원하고 주위에 사람이 모여드는 타입의 남자였다. 우리는 금방 친해졌고 많은 얘기를 나누었다. 그렇긴 해도 시구르손은 니오르드호의 정체

---

42 삼각주

에 대한 질문에는 좀처럼 입을 열려고 하지 않았다. 그래서 이 기묘한 해골선에 대한 정의는 순전히 관찰과 추측에 의존할 수밖에 없었다.

일단 니오르드호는 겉보기에도 상선이나 어선은 아니었다. 그렇다고 군선도 아니었다. 그의 고향인 북방은 대양을 항해하는 선박의 건조 기술에 관한한 최고라고 들어서, 이 범선의 원산지는 짐작이 갔다. 하지만 이 정도 수준의 범선을 적어도 유지하려면 개인 수준의 재력으론 어림도 없었다.

니오르드호 선원들의 기강과 잘 잡힌 규율은 시구르손의 조직 장악력을 짐작케 했는데, 전체적으로 니오르드호의 종합적인 모습은 내 눈에는 배라기보다는, 뭐랄까…… 일종의 국가처럼 보였다. 상선도, 어선도, 군선도 아니라면 무엇인가? 그래서 나는 조심스럽게 결론을 내 버렸다. 이건 해적선이 아닐까!

내가 내린 결론에 부르르 몸을 떨고 있을 때, 시구르손이 술병을 손으로 쥐며 말했다. 대화 상대가 내가 아니라 바르카라 다행이었다.

"대서해 너머엔 뭐가 있냐고? 그래, 뭐가 있을 것 같아?"

호기심 가득 눈을 반짝이는 우리를 앞에 두고 시구르손은 재밌다는 듯 농이 섞인 어조로 물었다. 우리 중 눈이 가장 반짝이는 엘리사가 답했다.

"당연히 폭포가 나오겠죠. 그 앞은 텅 빈 궁창[43]일 테고."

"왜 그렇게 생각하지?"

바르카가 물었다. 이에 엘리사가 바르카를 향해 따지는 듯한 어조로

---

43   허공

답했다.

"그야 세계가 끝없이 평평할 순 없잖아요. 해도 떨어지고, 달도 떨어지니까."

"후후후!"

시구르손은 긍정인지 부정인지 모를 애매한 웃음을 지었다.

"아닌가요?"

엘리사가 눈을 치켜뜨며 묻자, 그는 손에 쥔 벌꿀주 한 모금을 입에 물었다. 후 — 하고 진한 알코올 기운이 그의 입에 뿜어져 나왔다. 그가 다시 입을 열었다.

"술은 첫잔이 가장 향기롭지. 내가 고향땅을 출발했을 때도 딱 이 느낌이었어."

시구르손은 고개를 약간 뒤로 젖혔다. 감상에 잠기듯 눈빛이 희멀개졌다. 그 상태로 그가 얘기를 계속했다.

"그땐 죽음에 대한 달콤한 환상에 사로잡혀 있었지. 거대한 폭포가 내 운명을 삼키는 상상을 해봐. 죽이지 않아?"

나는 시구르손의 얘기가 북방인의 영광스런 죽음을 말하는지, 아니면 개인적인 자살을 뜻하는지 헷갈렸다. 그가 술을 다시 한 모금 들이키며 말을 이었다.

"그런데 웬 걸. 가도 가도 바다가 요동칠 기미를 보이질 않는 거야. 낙수가 가까워지면 조류가 빨라져야 정상인데 말이야. 이거야 원 배 위에서 굶어 죽겠더군. 그렇게 한 이천오백 리쯤 달려갔을까? 망망대해에서 드디어 그걸 본 거야. 내가 본 게 뭔 줄 알아?"

누구든 상상으로만 시도했던, 하지만 누구나 궁금해 했던 질문에 대한 해답을 그가 가지고 있다고 생각하니, 모두들 마른침이 꼴깍 넘어가는 눈치였다.

"보아 하니, 폭포는 아닌 것 같소만."

표정 변화가 비교적 적었던 바르카가 무덤덤한 소리로 말했다. 시구르손이 조용히 고개를 끄덕였다.

"그렇소. 그건 또 다른 세계였소. 얼음과 불로 뒤덮인 거대한 섬[44]이었지."

잠시 침묵이 흘렀다. 시구르손은 다시 술병을 입으로 가져가더니 청중들의 표정을 흘깃 곁눈질로 살폈다. 일부 동료들의 표정은 당혹감으로 굳어졌고, 일부는 흥분으로 몸서리를 쳤다.

시구르손이 다시 입을 열었다.

"그곳에도 사람이 살더군. 황인송이었어. 나는 그들과 친해졌지. 배를 수리하던 어느 날, 그들에게 물었어. 서쪽으로 계속 가면 내가 상상했던 그 폭포가 나오느냐고 말이야. 그랬더니 이렇게 말하더군. 계속 가면 더 큰 땅[45]을 만나게 될 거라고 말야"

시구르손이 탕 — 하고 술병을 내려놓았다.

"더 이상의 항해는 그만뒀지. 배를 되돌려야 했으니까. 그래도 건진 건 있었어. 그때 이후로 내 인생이 변했으니까. 왠지 세상이 다르게 보였거든. 여기까지가 대서해에서 살아 돌아온 내 무용담의 끝이라우. 하하하!"

---

44 아이슬란드
45 그린란드

입가에는 묘한 미소를 띤 채 그가 이야기의 결론을 지었다. 소란스럽고 격한 토론은 그날의 충격이 어느 정도였는지 말해 준다. 동조하는 사람도 있었고, 비웃는 사람도 있었다. 아무튼, 시구르손의 얘기를 전적으로 신뢰하는 분위긴 아니었지만, 그가 본 것은 분명 우리가 알고 있고 상상했던 세상의 모습은 아니었다.

우리는 그날 저녁 거나하게 술판을 벌였다. 술 파티 중에도 시구르손의 여행담은 좋은 안줏거리가 되었다. 내가 알고 있는 것과 달리 이 프리키야가 바다로 둘러싸여 있다는 둥, 온 몸이 털로 뒤덮인 괴인[46]을 봤다는 둥 수수께끼 같은 항해에 대한 얘기를 그는 보따리처럼 쏟아 내었다.

나는 그런 시구르손이 정말 대단하다고 생각했고, 또한 부러웠다. 언젠가는 나도 그런 항해를 해보고 싶다고 생각했다.

시구르손과 바르카는 죽이 잘 맞았다. 술에 취하니 금방 친해졌다. 바르카도 입담이라면 지지 않았다. 그도 대륙을 횡단한 카라반이었다. 오히려 세상의 동쪽 사정에 대해서는 시구르손보다 훨씬 밝았다. 특히 바르카의 신풍[47] 이야기가 시구르손의 관심을 끌었다.

"소문에 의하면 이 신풍이 바로 인도로 가는 열쇠야. 일단 도착하면, 거기서 바람을 등지고 남하한 후 땅의 동쪽으로 돌아갈 수 있다는 군. 그곳을 '벵골만'이라 부르나 봐. 만의 입구를 가로지르면 신세계가 나오는데, 바로 향신료의 섬들이지. 신풍은 인도에서 귀로에 오를 때도

---

46 고릴라
47 계절풍

이용할 수 있다는군. 그걸 타고 남하한 상인들 중엔 면직물이나 장신구를 상아나 향으로 교환해 떼돈을 번 사람도 있어."

"오옷! 역시 대상은 달라."

옆에서 듣고 있던 로잔이 거들자, 시구르손도 질 수 없는지 목청을 가다듬고는 이야기에 열을 올렸다.

"말 안 하려고 했는데, 이건 정말 중요한 정보지. 자네, 세상에서 가장 비싼 광석이 뭔지 아나?"

"글쎄…… 금이나 금강석[48]이 아닐까? 아니면 루비나 에메랄드?"

그럴 줄 알았다는 듯 입꼬리를 올리며 시구르손이 손가락을 가로저었다. 바르카도 팔짱을 낀 채 눈을 내리뜨며 그를 꼬나봤다.

"아만다이트라는 운철이에요."

답을 한 건 시구르손이 아니었나. 니오르느호의 젊은 갑판상 소안이었다. 얼굴선이 엷어 언뜻 미소년 같은 인상을 한 조안이 따개비 죽을 테이블에 놓으며 말했다.

"타지 않고 남은 별똥별에서만 아주 가끔 얻을 수 있다는 전설의 광석이지요."

시구르손이 잽싸게 부연 설명을 덧붙였다.

"말 그대로 돈으로 살 수 있는 것 중엔 최고로 비싼 놈이지."

"그건 파는 물건이 아니라고 했잖아요, 선장."

조안이 못마땅한 듯 불퉁한 목소리로 나무라자, 시구르손이 웃음을 흘리며 술잔을 들어올렸다.

---

48 다이아몬드

"전설을 좇는 남자 납시었군. 자식. 도공 출신 아니랄까 봐."

조안은 한숨 쉬듯 말을 이었다. 다소 차분하고 사무적인 어조였다.

"별에서 온 금속으로 검을 만드는 건 세상 모든 도공들의 꿈입니다. 운철로 벼려낸 명검은 제가 알기로는 세상에 딱 세 자루 있죠. 하나는 듀렌달[49], 다른 하나는 엑스칼리버, 마지막은 나겔링[50]. 한 번쯤 들어보신 분도 계실 겁니다. 전부 실존 여부조차 불투명한 전설 속의 검들이지요."

조안은 따개비죽을 한 숟갈 입속에 털어 넣었다. 그는 뭐가 이리 짜냐는 듯 얼굴을 찡그리며 하얀 구레나룻의 조리사 욘달을 흘겨봤다. 어이 없어하는 표정의 욘달을 무시하고 조안이 말을 이었다.

"하지만 언젠가 제가 아만다이트로 검을 만든다면 존재하는 전설이 되겠네요. 어쨌든 아만다이트는 제가 이 배에 승선한 이유입니다."

"조안 씨, 대장장이었어?"

따개비죽을 뺨에 묻힌 엘리사가 눈동자를 키우며 묻자, 조안이 싱긋 미소를 지어 보였다.

조안은 히스파니아 출신으로 편력 도공이었다. 고향에서 꽤 이름난 명검 장인 밑에서 실력 있는 도제로 인정받았지만, 어느 날 밤 유성이 꼬리를 무는 것을 보고는 짐을 쌌다고 한다. 운명은 하늘에 있다는 말을 남긴 채 조안은 아만다이트를 찾아 세상을 떠돌았고, 지금은 니오르드호에 승선하게 된 것이었다.

---

49 프랑스 서사시 롤랑의 노래에 등장하는 영웅 롤랑의 성검. 롤랑은 프랑크 왕국 샤를마뉴 대제가 거느린 열두 명의 팰러딘 중 으뜸이었다.
50 동고트 왕국 테오도리쿠스(디트리히 폰 베른)왕의 성검.

"암튼 그 아만다이트란 게 어디로 떨어졌는지 알고 있지, 난."

시구르손이 다시 술병을 빙글빙글 돌리며 도발하듯 말했다.

"어딘데?"

바르카가 발끈하며 같이 반말로 응수했다.

"……."

"……."

"눈싸움은 됐고 우리 술 씨름이나 한번 할까?"

"내가 이기면, 그 신풍의 정보다."

"훗, 그 금보다 비싸다는 광물의 위치 좀 알아내 볼까?"

나는 바보 같은 두 사람의 결투를 뒤로 한 채 갑판으로 나왔다. 니오르드호의 상현으로 창백한 달이 수면 위에 차오르고 있었다. 배의 왼쪽 하늘에 뜬 북극성이 눈에 들어왔다. 이 큰곰자리를 중심으로 천공의 성좌가 회전한다. 항상 같은 자리를 지키며 방향만 바꾸므로 예로부터 뱃사람들에게 이 별은 '스텔라 마리스'라 하여 바다의 별로 불려져 왔다.

나는 생각했다. 침묵하는 붙박이별은 알고 있으리라. 내려다보이는 세상의 진실은 과연 어떤 모습인지.

저쪽에서 부스럭거리는 소리가 들렸다. 나는 소리가 들리는 방향으로 다가갔다. 월영이 뱃전에 걸터앉아 뭔가를 손질하고 있었다. 군신의 활이었다. 인기척을 느낀 그가 고개를 떨군 채 중얼거리듯 말했다.

"볼수록 훌륭한 맥궁이다."

"……."

"명궁의 시위를 떠난 화살은 날아가면서 우는 소리를 내지."

대낮처럼 훤하진 않아도 달빛이 밝은 밤이었다. 활에 새겨진 이상한 문양의 글자가 내 관심을 끌었다. 나는 팔베개를 하고 태연한 척 월영의 옆에 붙어 서서 그걸 내려다봤다.

"의라고 읽는다."

사람 속이라도 들여다본 건지, 월영이 메마른 목소리로 말했다. 신성문자 같이 생긴 그것, 본 적이 있다. 오래전 아버지가 가끔씩 해변가 모래밭 위에 그리곤 했던 그것. 호기심 가득한 어린 아들의 머리를 쓰다듬으며 아버지는 곧잘 웃으셨다. 머나먼 동쪽 나라의 유산. 그것은 한자였다.

"의?"

물론 나는 이 기괴한 문자를 잘 알지는 못했다.

"올바른 도리를 위해 자기를 희생하는 마음이란 뜻이다."

별일이었다. 평소 녀석이 보였던 특유의 정서가 배제된 짧고 건조한 말투와 달리, 인간의 감정이 실린 듯한 문장이 그의 입에서 흘러나왔다.

"네 먼 선조들은 이런 활을 들고 동쪽 대륙을 누비셨다. 목초가 풍성한 셀링가[51] 강변을 지나 카스피 해[52]를 넘어 멀리 서쪽의 이스테르 강[53]까지."

내 선조라면 훈족을 뜻했다. 훈족은 원래 한 뿌리에서 갈라져 나온

---

51 몽골과 러시아 사이를 흐르는 강. 항가이 산맥에서 발원해 바이칼 호수로 흘러 들이간다.
52 중앙아시아에 있는 세계 최대의 내해.
53 현재의 다뉴브 강. 독일 남부에서 발원해 흑해로 흐른다.

형제였다. 광활한 대륙은 우리 민족의 무대였고, 서로는 로마, 동으로는 한나라의 후예들과 명예로운 투쟁의 역사를 쌓아올렸다.

아버지는 머나먼 조국을 구체적인 위치까지 언급해 가며 자랑처럼 얘기했지만, 내겐 그저 신기루 저편에 존재하는지도 모를 오아시스처럼 막연하기만 했다. 광동성 흠현 서북 180리, 그것이 신기루 저편의 내 조국이다.

나는 얼굴을 구기며 말했다.

"아무래도 상관없어. 과거야 어떻든, 그들은 절대 환영받지 못해. 남의 땅을 침략한 이방인이니까. 나 또한 이방인의 후예고. 유대인들보다 나을 게 뭐지?"

그의 낮은 숨소리를 따라 후 — 하고 가느다란 한숨이 흩어졌다.

문득, 날빛이 그의 몸 여기저기에 그어진 기다란 칼자국을 비추었다. 그것은 그의 목덜미에, 어깨 위에도, 옷 사이로 살짝 드러난 가슴 언저리에도 있었다. 그 흉터 자국에서 결코 평탄치 않았을 한 남자의 과거를 짐작할 수 있었다.

그가 공허한 눈으로 나를 올려다봤다. 늦가을 초승달 같은 눈에 어슴푸레 고독이 서려있었다.

"지금은 실컷 욕해도 좋겠지. 곧 알게 될 거야. 세상에서 지워져 욕할 대상조차 사라지는 게 어떤 기분일지. 너나 나나 얼마 남지 않았어. 조국의 명운이……."

"무슨 뜻이야?"

그가 고개를 돌렸다. 월광도를 가슴팍으로 슬며시 끌어당기며 그가 말했다.

"모르는 게 좋아. 사람의 힘으로 어찌할 수 없는 게 인과율이다. 그건 극복할 수 있는 게 아냐. 태풍이 지나치듯, 그냥 지켜볼 뿐."

나는 그의 충고대로 더 이상은 묻지 않았다. 피로라곤 모를 법한 사나이가 어둠속에 시선을 묻은 채 그대로 잠들어 버렸기 때문이다. 북방의 차가운 냉기로 벼린 듯한 그의 칼처럼, 마음도 얼어 버린 줄 알았는데, 처음으로 나는 그의 속에서 핏빛 '살수'가 아닌 고뇌하는 '인간'을 본 것 같았다.

"카카르!"

그때 뒤에서 메렐레인이 나를 부르는 소리가 들렸다.

밤바람에 나부끼는 진홍색 긴 머리를 쓸어 넘기며 그녀가 다가왔다. 뚜벅뚜벅. 우아한 발걸음이 내 앞에서 멈춰 섰다.

그녀는 잠든 월영을 물끄러미 바라보고는 시선을 내게로 옮겼다. 마른침이 꼴깍하고 넘어갔다. 왜일까? 덜컥 겁이 났다.

"조, 좀 쉬지 않고요."

말까지 더듬는 나. 그녀가 고개를 가로저었다.

"갑갑해서."

오랜 여행 탓일까. 술도 입에 안 댄 그녀의 얼굴은 발갛게 상기되어 있었고, 피곤한 기색이 역력했다.

"안색이 안 좋은 거 같은데. 어디 아픈 데라도……?"

그녀가 다시 고개를 가로저었다.

"저기……."

"예?"

뭔가 얘기를 하려다 말고, 그녀는 몇 발자국 걸음을 옮겼다. 뱃전에 몸을 기댄 그녀는 손등으로 턱을 괴었다. 나도 그녀를 따라 뱃전에 몸을 갖다 붙였다. 멀리 은하수가 동서로 비껴 흐르는 밤이었다. 잠깐의 침묵을 깨고 그녀가 말했다.

"이제 티로스까진 금방이겠죠?"

"예, 사나흘이면 아마."

나는 고개를 끄덕이며 말했다. 그녀가 잠시 뜸을 들이다 다시 말을 이었다.

"우리 여행도 얼마 안 남았군요."

"……."

그녀의 말은 이별에 관한 것이었다. 잊고 있었던 건 아니었다. 언젠가 누가 됐든 한 번은 꺼내야 할 얘기. 만나면 헤어지는 건 정해진 운명으로 서운해 할 일도 아니었다.

하지만 이 느낌은 뭘까? 뭔가 시작하기도 전에 끝나 버리는 이 허무한 느낌말이다. 나는 야속한 기분이 들었다.

그런 내 맘을 알기나 하는지 그녀는 물끄러미 별바다만 응시하고 있었다. 그렇게 한참을 바라보던 그녀가 머리 위로 손가락을 내어 허공을 가리켰다.

"저기 저 별의 이름은 뭐죠?"

그녀의 손가락이 가리키는 방향은 오리온자리의 삼태성을 왼쪽으로 길게 늘인 곳이었다. 그곳에서 빛나는 별 중의 별. 그것은 사람의 눈으로 볼 수 있는 가장 밝은 별이었다.

나는 그녀의 물음에 화답했다.

"천랑성[54]입니다."

"천랑성이라…… 늑대별이군요."

그녀는 먹이를 노리는 늑대의 눈빛에 매료된 듯 멍한 눈을 했다.

하지만 나로서는 이상한 일이었다. 천랑성은 큰게자리가 떠야만 볼 수 있는 별. 큰게자리는 겨울 별자리다. 때 아닌 늑대별의 기이한 출현에 나는 적잖이 당황했다.

그녀는 별에서 시선을 떼지 않은 채 다시 물었다.

"라벤나에서 보는 별과 카르타고에서 보는 별이 다를까요?"

나는 고개를 가로저었다. 다를 리가 없었다. 그러자 그녀가 차분한 어조로 뭔가 확인하듯 되물었다.

"그러면 결국 같은 걸 보는 거군요. 떨어져 있어도 같은 방향을……. 그렇죠?"

"예…… 그럴 걸요?"

내 어정쩡한 대답에 만족했는지 그녀가 고개를 끄덕였다. 그녀가 눈을 감은 채 말을 이었다.

"할 말이 잔뜩 있었는데, 그런 건 아무래도 좋다는 생각이 들어요. 말은 덧없고, 침묵은 기니까."

그녀가 무슨 말을 하려는지 알 것도 같았다. 하지만 나는 차마 그것을 입 밖에 꺼내진 못했다. 괜한 상처가 될 것 같았기에.

눈을 뜬 그녀가 밤공기를 들이마시며 손바닥을 탁탁 쳤다. 잠에서 깬 듯한 밝은 목소리로 그녀가 물어왔다.

---

54 시리우스

"돌아가면 뭐할 거예요?"

나는 대답했다.

"글쎄요, 역시 카르타고에 있지 않을까요? 당분간 어려움은 있겠지만 고향이니까. 돈을 벌어 큰 배도 한 척 사야겠죠. 그걸로 세상을 돌아보고 싶어요. 아직 만나 보지 못한 세상을."

그녀가 미소 지었다. 그것은 씩씩하고도 외로운 미소였다.

"꼭 바라는 대로 이루길 기도할게요."

그렇게 말하고 그녀가 발길을 돌렸다. 뚜벅뚜벅 멀어져 가는 발걸음 소리가 아련하게 가슴을 짓눌렀다. 저만치 걸어가던 그녀가 마지막으로 돌아다봤을 때, 밤의 장막에 가려 모습은 더 이상 보이지 않았다. 그녀의 나지막한 목소리만 들려 왔다.

"나는, 저 별이 마음에 들었어요. 당신도 가끔은 올려다보겠죠."

심장이 물에 흠뻑 젖은 듯했다. 가슴에 홍수가 나면 꼭 이런 느낌이리라. 그러고 보니, 천랑성의 의미도 비슷한 얘기였던 걸로 기억한다. 나일 강 사람들은 말한다. 이른 새벽 아직 태양이 떠오르기 전, 동쪽 하늘에 늑대가 움직이면 세상이 물에 잠긴다고.

물에 잠긴 내 가슴 얘기를 그녀에게도 들려주고 싶었다. 하지만 결국 그러지 못했다. 아니, 할 경황이 없었다. 메렐레인이 내게 등을 돌린 후 얼마 못 가 선실 입구에 쓰러져 버렸기 때문이다.

그때 풍랑 이후 낌새가 여러 번 있었지만, 왜 눈치 채지 못한 것일까. 그녀의 몸은 열병으로 쇠약해져 있었다.

"역시, 천연두 같아요."

선실에서 그녀를 돌보던 조안이 청천벽력 같은 소리를 했다. 아마 그 여신호에 밀항한 천연두 소년에게서 옮은 게 틀림없었다. 눈앞이 캄캄해졌다. 천연두는 내가 아는 한 불치병이었다.

그러나 불행 중 다행이라 했던가. 내가 죽어라 술을 퍼마시고 있을 때, 제노비아가 다가와서 내 등을 탁 하고 쳤다.

"천연두를 고친 의사가 딱 한 명 있긴 하지."

"뭐? 그게 누군데?"

제노비아가 피식하고 웃었다.

"넌 정말 운이 좋아."

그녀의 말에 따르면 그 의사의 이름은 살몬이었고, 카노푸스의 사라피스 신전에 있는 신관이었다. 그녀의 말대로 정말 운이 좋은 건지, 마침 우리는 카노푸스를 향해 해안과 평행하게 항해하고 있었다.

2장 3절
성좌의 늑대

밤새 고열에 시달리던 메렐레인은 동녘이 밝아올 무렵, 조금 괜찮아지나 싶더니 곧 의식이 불안정해졌다. 우리는 서둘러 살몬의 신전을 방문키로 했다.

니오르드호는 나일 강 삼각주 서쪽 해안에 있는 카노푸스로 향했고, 다음 날 아침 배가 정박하자 즉시 니오르드호에서 하선했다. 우리는 이부키르 만에서 3㎞ 정도를 도보로 이동해 신전이 늘어선 어느 강변에 도착했다.

로잔의 말에 따르면, 카노푸스란 이름의 기원은 이러했다. 트로이 전쟁에서 이긴 메넬라오스가 헬레네를 데리고 오다가 폭풍우를 만나 이곳에 정박했고, 그의 항해사가 여기서 배를 고치다 뱀에 물려 신이 되었는데, 그 항해사의 이름이 카노푸스였다.

카노푸스에는 사라피스[55] 신전을 비롯해 오시리스[56] 신전, 이시스 신전 등 사원들이 즐비해 순례자들의 발길이 끊이지 않았다.

바르카도 한마디 거들었다.

"카노푸스는 향락의 성지이기도 하지. 세상이 제공할 수 있는 모든 방탕함이 여기 있어. 카노푸스를 모르는 자는 인생을 모르는 놈이야."

과연 바르카의 말대로 길게 늘어선 선술집들이 우리를 맞았다. 선술집 앞으로 깊이 팬 튜닉을 걸친 여인들이 호객 행위를 하고 있었다. 창녀들이었다. 그 옛날, 클레오파트라가 카노푸스의 여왕이었다는 사실은 놀랄 만한 일도 아니었다. 창녀들은 하나같이 예뻤다.

엘리사의 어김없는 발길질을 피하며 우리는 발길을 옮겼다.

사라피스 신전은 그리 어렵지 않게 찾을 수 있었다. 가장 크고 가장 훼손이 심했기 때문이다. 군데군데 외벽이 떨어져 나간 낡은 신전은 반쯤 덩굴에 묻혀 있었다.

그리스도교의 물결 앞에 사라피스 신전도 예외는 아니었다. 한때 영화로웠던 신전도 언젠가 폐허로 사라져, 가물가물한 신들에 대한 노래로만 전해질 걸 생각하니, 삶이 다 허망해지는 기분이 들었다.

우리는 신전의 회랑을 따라 안으로 들어갔다. 신들의 이야기를 들려주는 벽화를 따라 좀 더 들어가자, 거대한 입상 두 개가 우리를 맞이했다.

오른손을 케르베로스[57] 위에 얹고 왼손에는 홀을 든 신상이 사라피스

---

55 프톨레마이오스 왕조 시대 이집트 국가신으로 의술을 관장하였다.
56 이집트 신화. 죽음과 부활을 관장하는 명계의 신
57 그리스신화에 나오는 머리가 3개 달린 지옥문을 지키는 개

의 입상이었고, 다른 하나는 이시스 여신의 입상이었다. 둘 다 머리통이 잘려 나가고 없었다. 391년 알렉산드리아의 주교였던 테오필로스가 이교 척결 차원에서 날려 버린 것이다.

내 시선은 그나마 훼손이 덜한 이시스 여신의 석판으로 향했다. 석판에는 이렇게 적혀 있었다.

'나는 여신 이시스. 나는 하늘에서 땅을 떼어냈으며, 너희들에게 법을 부여하였노라. 해와 달의 운행을 명했으며 별들에게 행로를 지시했노라. 나는 남과 여를 결합시켰고 여인에게 열 달 된 아이를 낳도록 명했으며 너희에게 맹세를 가장 두려워하게 만들었노라.'

나는 뽀얀 먼지에 덮인 여신의 가르침을 조심스레 손으로 닦아냈다. 묵은 진리는 묘비와 함께 잠들고, 지금은 새로운 진리가 세상을 가르치지만, 그 근본을 잊어선 안 될 것이다. 진리란 어느 날 갑자기 하늘에서 떨어지는 게 아니니까.

"환영합니다!"

어디선가 느닷없이 생기 없는 목소리가 들려왔다. 잎사귀를 머리에 쓴 백발이 성한 늙은 신관이 우리를 맞이했다. 그는 종려나무 가지를 흔들며 우리에게 말했다.

"이시스 여신은 순례와 구원에 이르는 길을 관장합니다. 또한 신탁을 통해 운명을 예언해 주기도 하지요. 방문자여! 이곳에서 찾고 싶은 미래가 있는지요?"

하얀 눈썹에 가린 눈이 뜬 건지 만 건지 구분이 안 되는 노인이었다. 그 노인을 향해 제노비아가 반갑게 소리쳤다.

"살몬 신관님!"

순간 노인의 귀가 쫑긋하고 움직였다.

"어라?"

"풋!"

제노비아가 웃음보를 살짝 터뜨리자, 늙은 신관의 이빨 없는 입이 화알짝 열렸다.

"제노오 — 비아!"

제노비아가 노인의 품속으로 뛰어들었다. 마치 헤어진 할아버지와 손녀딸의 상봉 같은 장면이었는데, 뭘까? 이 다소 에로틱하면서도 지저분한 느낌은!

여하튼 제노비아는 살몬과 상당한 친분이 있는 모양이었다. 우리는 이런저런 사정에 대해 이러쿵저러쿵 털어놓았다. 이제 살몬이 그녀를 치료해 주기만 하면 될 일이었다.

그런데 문제가 생겼다.

살몬은 난처한 표정으로 고개를 절레절레 흔들어 댔고, 우리는 치료를 거부한 늙은 신관과 한동안 실랑이를 벌여야 했다. 참다못한 내가 소리쳤다.

"도대체 왜그래? 못 고치는 거야! 안 고치는 거야!"

흥분한 나를 바르카와 로잔이 잡아끌었다. 살몬은 바닥에 놓인 물담배를 주워들어 뻐끔뻐끔 피워댈 뿐, 묵묵부답이었다.

내 숨이 거의 넘어갈 찰나, 제노비아가 나섰다.

"신관님, 이 녀석의 무례를 부디 용서하세요. 원래 저러니 그냥 없다고 생각하시고요. 아무튼, 치료는 힘든가요? 분명 예전에 신관님께서 병자를 고친 것으로 기억합니다만."

살몬이 하는 수 없다는 듯, 고개를 끄덕였다.

"분명 치료 방법은 있네, 하지만."

"하지만?"

제노비아가 손바닥을 모으고 살몬에게 바짝 얼굴을 들이댔다. 살몬이 잠시 머뭇하더니 입을 열었다.

"안 듣는 게 좋을 거야."

"뭐, 이런 영감탱이가!"

나는 살몬에게 달려들었고, 바르카의 이단 옆차기를 맞았다.

제노비아가 결연한 표정으로 고개를 끄덕이자, 잠깐 메렐레인을 내려다보던 살몬이 혀를 끌끌 차며 담뱃대를 내려놓았다.

살몬의 얘기에 따르면, 분명 천연두를 치료한 적이 있긴 있었다. 그러나 치료는 두 가시 소선을 만족시켜야 했다. 나일 강 상류 어딘가에 피어 있을, 아니 있는지 어떤지도 모를 꽃을 다량으로 꺾어 차로 달여 마신 후, 요정의 샘이라고 알려진 신전의 샘에서 하루를 지내야 했다.

"그래서 그건 무슨 꽃이죠?"

바닥에서 일어난 내가 흙먼지를 털어 내며 묻자, 살몬이 물 담배를 입에 물고 빨아 당겼다.

"영감!!"

내가 눈꼬리를 올리며 다시 재촉하자, 살몬은 하얀 연기를 공중에 뿌리며 갈라진 목소리로 말했다.

"샤프란일세."

"샤프란?"

"정령이 피우는 마지막 꽃이라고 불리지."

나는 자리에서 벌떡 일어섰다.

"당장 찾으러 가겠어요!"

"앉아 보게!"

"어물쩍거릴 시간 없어요! 자, 모두 출발 준비해요."

"거 성격 불같은 친구일세. 일단 앉아 보라니까!"

제노비아가 내 손을 끌어당겼다. 핏기 없는 눈으로 나를 째려보던 살몬이 심호흡을 한 번 하고는 담담하게 입을 열었다.

"문제가 있네!"

"……?"

"지금 몇 월이지?"

"6월? 아니면 7월?"

"샤프란은 10월에 피는 꽃일세!"

"……!"

"자줏빛 깔때기 모양에 노란 암술이라 금방 알아볼 거야."

"…….""

"많이 구할수록 좋아."

나는 해머로 맞은 듯 머릿속이 멍했다. 가을에 피는 꽃을 무슨 수로 초여름에 구한단 말인가.

"겨울에 바구니 째 딸기 캐는 거랑 비슷하군요!"

제노비아가 한숨을 삼키며 고개를 떨궜다. 살몬이 내려놓은 물 담배를 손에 다시 쥐었다. 담뱃대를 입에 문 그가 나무라듯이 말했다.

"내가 뭐랬어? 안 듣는 게 좋을 거라고 했잖아."

"……."

불가능한 임무였다. 침묵을 지키던 동료들이 고개를 절레절레 흔들었다. 엘리사가 울음을 터뜨리며 얼굴을 양손에 묻었다.

허공에 시선을 고정한 채 살몬이 하얀 연기를 뿜으며 말했다.

"이승의 삶과 고통은 한낱 찰나에 지나지 않네. 그녀는 이제 곧 평안을 되찾을 걸세."

나는 그만 털썩 바닥에 주저앉았다. 바닥을 주먹으로 힘껏 내리치는 것 외에 내가 할 수 있는 일은 없었다. 피멍이 든 손등에 통증조차 느껴지지 않았다. 이대로 포기하란 말인가.

살인고래 케투스로부터 우리를 구한 것은 노아였었다. 녀석에게 고맙다는 말 한마디도 못했는데, 하지만 그때 죽어 가는 메렐레인을 앞에 두고 절망에 빠진 그 순간에도 나는 알지 못했다. 이 붉은 눈동자의 친구가 내민 손이 나시 한 번 우릴 구해 줄 거란 사실을 말이다.

"천연두에 걸린다고 모든 사람이 죽진 않습니다. 하겠습니다."

바르카가 일어섰다.

"저도요."

잠시 후, 노아도 자리에서 일어섰다. 노아는 내 앞으로 걸어오더니 손을 내밀었다. 그가 미소 짓고 있었다. 천진난만한 그의 미소는 보는 사람에 따라선 장난처럼 느껴질 수도 있겠지만, 내가 아는 한, 이 친구의 순수함은 항상 목숨처럼 맹렬했다.

내가 친구를 물끄러미 응시하자, 그가 고개를 끄덕였다. 대화는 필요 없었다. '나한테 맡겨 봐' 하는 표정이었으니까.

"그래, 여기서 물러설 순 없지"

나는 노아가 내민 손을 잡고 일어섰다. 노아에 대한 믿음이 있어서라기보단 가만히 앉아서 메렐레인의 죽음을 기다릴 순 없는 노릇이었다. 뭐라도 해야만 했다. 그렇긴 해도 우리가 안 된다고 생각하는 것이 이 붉은 눈의 친구에겐 다를 수도 있으니까.

나는 그 가능성에 다시 한 번 운명을 맡겨 보기로 했다. 딱히 선택의 여지도 없었고. 같은 생각이었는지, 나머지 동료들도 이 무모한 수색에 참여했다.

살몬이 할 수 없다는 듯 고개를 떨구며 말했다. 어디서 어떻게 샤프란을 찾을 건지는 묻지도 않았다.

"잠시만 기다리게."

살몬이 신전의 한쪽에 난 방으로 들어가더니, 잠시 후 뭔가를 손에 쥐고 왔다. 그가 내 앞에서 주먹 쥔 손을 풀자, 작은 유리병 하나가 나왔다. 의아해서 내가 물었다.

"뭐죠?"

살몬의 손에 놓인 것은 메렐레인을 위한 것이었다.

"양귀비 즙일세. 고통을 조금은 줄여 줄 걸세."

우리는 샤프란을 찾기 위한 원정대를 꾸리기로 결정했다. 인원은 적을수록 좋았다.

"나일 강 타 본 사람!"

내 질문에 제노비아와 로잔이 손을 들었다. 둘은 무조건 따라가야 했다. 엘리사는 울고불고 난리가 나서 일행에 끼워야 했다. 바르카는 천연두를 앓은 적이 있으니 괜찮았다. 월영은…… 가라 마라 할 인물이 아니었다. 노아는…… 사람이 아니라 괜찮았다.

결국은 내가 문제였다. 나도 나일 강은 체험해 본 적이 없었다.

"넌 남아!"

동료들이 고압적인 말투로 날 따돌리려 했지만, 난 내가 빠진 원정대 따위 절대 인정 못한다. 한바탕 깽판을 친 끝에, 결국 우리는 7명의 인원으로 나일 강 원정대를 꾸렸다. 끌개에 실린 메렐레인을 운반하기 위해 낙타 오프리스도 따라붙었다.

해가 중천에 걸리기 전, 우리는 사라피스 신전을 나왔다. 메렐레인은 살몬이 준 약 때문인지 자다 깨다를 반복했지만 고통스러워 보이진 않았다.

나일 강 상류로의 원정은 만만치 않았다. 거리도 거리지만 작열하는 일광에 숨이 넘어갈 판이었다. 이동을 시작한 지 반나절도 안 됐는데, 나는 벌써부터 걱정이 앞섰다.

"우라질! 도보 이동은 무리야. 뗏목으로 강을 거슬러 올라갈 수도 없고."

일단 저지르고 봤지만, 냉정하게 말해서 샤프란을 찾는 것은 차치하고서라도 온전하게 상류에 도착할 수 있을지 조차도 의문이었다.

그러나 로잔의 생각은 조금 다른 모양이었다. 앞서 가던 그가 뒤를 돌아보며 싱긋 웃었다.

"너무 걱정 말아요. 강을 거슬러 올라가면 되니까."

나는 실눈을 하고 로잔의 뒤통수를 응시했다. 세상에 거스를 수 없는 것이 두 가지 있다. 흐르는 세월과 흐르는 강물인 것을. 장난하나!

"강을 거스른다고? 뭐 뗏목 타고 노라도 저으려고?"

나는 어이가 없어 콧방귀를 꼈다. 로잔은 여전히 싱긋이 미소로 응수

했다.

"두고 보면 알아요!"

제노비아도 한 수 거들었다.

"나일 강의 기적이 있으니까"

나는 죽이 잘 맞는 두 남녀의 말투가 왠지 깐죽대는 느낌이 들어 못마땅했다.

"기적? 무슨 기적! 모세의 지팡이라도 던지게? 홍해처럼 뭐, 강물이 둘로 갈라지기라도 하나?"

"핫하하하!"

"호호호홍!"

둘은 괴상한 웃음소리를 냈다.

카노푸스 하구에서부터 나일 강 삼각주가 시작된다. 나일 강 상류까지는 금방 갈 수 있다고 로잔이 말하니, 일단 믿어 보기로 했다. 우리는 곧바로 제피리움 곶에 있는 헤라클리온 항구로 향했다.

해가 기울고 있었다. 헤라클리온은 모래가 참 많았다. 그 옛날 헤라클래스가 범람한 강을 잠재우고 제방을 세워 땅을 구했다고 서 헤라클리온이란 이름이 붙었다고 한다.

"상류로 가는 마지막 배를 타려면 서둘러야 해요."

로잔의 말에 따르면, 나루터는 아침에 열리고 저녁에 닫혔다. 우리는 나루터로 황급히 달려갔다.

뱃삯은 생각보다 많이 비쌌다. 나일 강 하류 나루터의 사공들은 길드화 되어 있었다.

"독과점은 불공정 거래를 만들고, 시장을 병들게 하지."

바르카가 투덜거렸다.

나루지기와 지리한 흥정 끝에 터무니없는 뱃삯을 지불한 뒤, 우리는 사공이 끄는 뗏목에 올라탔다. 사공은 검붉은 피부의 청년으로 이삭이라 불렸는데, 버려진 요정의 샘의 위치에 대해 알고 있는 게 그나마 다행이었다.

나는 배를 유심히 쳐다보았다. 하얀 갈대로 엮은 여인의 허리통 같이 가냘파 보이는 이름만 배가 강물에 둥실 떠 있었다. 그것은 뗏목이었다.

"이게 물에 뜨오?"

나는 불신의 도끼눈을 하고 추궁하듯이 물었다. 뗏목 주인의 답변은 껄껄 웃음이었다. 하긴 아무리 둘러봐도 이집트에 나무라곤 찾아보기 힘들었다. 간혹 아카시아 나무가 보이긴 했지만, 엘리사의 손목보다 약한 아카시아로 뗏목을 엮을 인간은 없을 것이다.

하지만 아무래도 좋다. 뗏목이든 뭐든 가릴 처지가 아니니까. 그런데, 뗏목을 저어 밀어낼 장비라곤 뒤쪽에 노끈으로 고정된 노 하나가 전부였다. 뗏목 중앙에는 천을 칭칭 감은 나무 기둥이 하나 서 있을 뿐.

"달랑 노 하나로 저 물살을 거슬러 올라간다고?"

나는 아까보다 더 눈이 옆으로 찢어지는 느낌이 들었다.

"기다려 봐요."

로잔이 웃으며 뗏목 위로 폴짝 뛰어올랐다. 우리는 로잔을 필두로 그 갈대로 엮은 뗏목에 하나둘 올라탔다. 뗏목은 보기와는 달리 예닐곱 명의 승객과 낙타를 태우고도 끄떡없었다.

그런데 어쩐지 뗏목 주인 이삭은 노를 저을 생각도 안 했다. 대신 중앙의 나무 기둥에 매어 놓은 노끈을 잡아 풀었다. 그러자 칭칭 묶인 천이 멋진 돛으로 변했다.

"설마……."

로잔이 손가락으로 들어 왼쪽에서 오른쪽으로 호를 그렸다.

"저기 삼각주를 건너면 펠루시움이고, 거슬러 올라가면……."

어……?

신기한 일이었다. 노를 젓지도 않는데 뗏목이 움직인 것이다.

나는 그 이유를 알 것 같았다. 이삭이 나무 기둥에 매어 놓은 것은 아마포로 만든 사각 돛이었다. 뒤쪽에서 받은 바람으로 한껏 부풀어 오른 돛이 뗏목을 멋지게 밀어내고 있었다.

"어때? 나일강의 기적이."

제노비아가 말한 기적은 이것이었다. 나일강은 남에서 북으로 흘렀다. 그런데 바람은 희한하게도 북에서 남으로 불었다. 노는 단지 방향 전환에만 필요한 장비일 뿐, 나일강의 뗏목은 강을 내려올 때는 강물의 흐름에, 강을 거스를 때는 바람의 힘에 몸을 맡기기만 하면 되는 것이었다. 양쪽 방향으로의 이동이 힘 하나 안들이고도 가능했다.

나는 왜 나일강을 따라 마을이 생기고, 시장이 서고, 문명이 꽃을 피웠는지 새삼 이해가 갔다.

기적을 체험 중인 우리에게 이삭이 자랑스러운 듯 말했다.

"우리 선조들이 처음으로 나일강에서 사용했죠. 이 돛이란 걸 말이죠."

"그래서 나일강은 세상 모든 배들의 고향이랍니다. 호호!"

제노비아도 한마디 덧붙이는 걸 잊지 않았다.

맞는 말 같았다. 아마도 기적은 뱃머리에 종려나무 잎을 수직으로 세운 최초의 이집트인들에게 주어졌으리라. 노를 젓지 않아도 가는 신의 기적을 말이다. 프로메테우스가 인간에게 불을 전해 주었다면, 나일강의 사람들은 북풍의 신으로부터 인류에게 바다를 가를 수 있는 날개를 전해 준 셈이다.

마레오티스 호수와 나일강 사이로 푸른 보리의 바다가 펼쳐졌다. 저 많은 보리들이 호수를 통해 알렉산드리아로 넘어가고, 다시 그리스나 콘스탄티노플로 옮겨진다. 매년 범람으로 땅이 알아서 뒤집어져 쟁기로 갈 필요도 없는 밭에서 푸른 보리들이 마구마구 자라난다. 나일강은 풍요로울 수밖에 없었다.

해가 기울고 어둠이 점점 보리밭을 덮었다. 우리는 나일강이 왼쪽으로 꺾이는 곳에 위치한 쉐디아 근처에서 하룻밤을 묵기로 했다.

강변 개펄에서 로잔이 전막을 지는 농안 악어 한 마리가 나타나 한바탕 소동이 벌어졌다. 난생 처음 보는 괴물에, 나와 엘리사가 자지러지는 비명을 질렀고, 로잔이 막대기를 들고 쫓아왔다.

"악어는 사람을 잡아먹고 눈물을 흘린다고 합니다."

나무 막대기로 악어를 쫓아낸 뒤 숨을 고르며 로잔이 말했다. 로잔은 그게 참회의 눈물이라 했고, 제노비아는 그게 위선의 눈물이라 했다. 어쨌건 이 나일강의 불청객이 위험한 건 확실했고, 덕분에 우리는 야영하는 동안 돌아가며 불침번을 서야했다.

밤이 깊어지고 만월의 둥근달이 중천에 솟을 즈음, 나는 천막을 나왔다. 불침번을 설 차례였다. 풀벌레 소리를 들으며 기분 좋게 오줌을 갈기고 있는데, 관목 숲에서 노아가 불쑥 걸어 나왔다.

"뭐해? 안 자고."

놀란 가슴을 쓸어내리며 노아에게 묻자, 그가 겸연쩍은 미소를 지었다.

"바람 좀 쐬려고."

노아의 눈은 전에 없이 충혈 되고, 핏기 없는 얼굴은 달빛처럼 창백했다.

나는 직감했다. 그에게서 늘 느꼈던 익숙한 전조 증상을 말이다. 어느 정도 예상했지만, 노아는 샤프란을 찾는 데 라이칸[58]의 힘을 빌리기로 결정한 듯했다.

"약…… 안 먹었구나."

"응!"

고개를 끄덕이는 친구의 미소가 억지스러워 보였다.

6월이 되면 최초의 보름달이 뜨고, 노아에게 찾아오는 변화는 달이 찰수록 더 잦아진다. 그는 점점 예민해지고, 점점 더 많은 걸 인지하게 되고, 점점 더 짐승에 가까워진다. 물론 그걸 억제하는 물약을 정기적으로 복용하지 않았을 때의 얘기지만.

나는 점점 라이칸으로 변해 가는 친구를 향해 말했다.

"미안하다!"

"미안하긴, 친군데."

"그래!"

"응!"

추위를 느끼는지 친구는 양손으로 어깨를 감싸고 돌아섰다.

"잘 자! 카카르."

그가 관목숲 어둠 속으로 사라졌다. 나는 알고 있었다. 그것이 그날 친구가 내게 남길 마지막 인사가 될지도 모른다는 걸. 라이칸으로 돌아간다는 건 재회를 약속할 수 없는 선택이란 걸 나는 잘 알고 있었다. 그럼에도 불구하고 나는 아무 말도 하지 못했다. 나는 정말 이기적인 인간이다. 구제 불능이다.

아침이 돼서야 동료들은 노아가 없어진 걸 알았다. 한바탕 소동이 일었다. 한사코 찾아 나서야 한다고 했지만, 나는 극구 말렸다. 샤프란은 노아에게 맡겨야 했다.

동료들이 영문을 물었지만, 나는 침묵할 수밖에 없었다. 나는 그것이 언젠가 행여나 친구가 다시 돌아왔을 때 아무 일도 없었던 것처럼 제자리를 찾을 수 있는 최소한의 배려라고 생각했다.

해가 솟고, 해가 기울고, 다시 밤이 찾아왔다. 강행군은 계속됐다. 어둠 속 나일강의 역류를 가르며, 우리는 악어나 하마의 습격을 받진 않을까 노심초사했다. 우리가 가슴을 졸이는 동안 제노비아는 이것저것 수다를 늘어놓았다.

"예전에 네로 황제가 남쪽으로 원정군을 보낸 적이 있어. 하늘에 맞닿은 산맥에 두 개의 호수가 있는데, 아마 그곳이 나일강의 수원이 아닐까 생각해. 암튼 그곳엔 코가 없는 이상한 종족이 있는데, 온 몸이 악마처럼 시커멓지. 녀석들은 파피루스를 둘둘 만 막대기 같은 걸로 사람의 목을 찔러 피를 빠는데, 가끔 나일강을 타고 내려와 사람들을 습격한다나 뭐라나."

제노비아의 말에 엘리사가 질겁을 했다.

"하지 마! 제노비아."

제노비아가 장난기 가득한 표정으로 곁눈질을 하다가 갑자기 어둠 속으로 손가락을 찔렀다.

"엇! 저기!"

"으악!"

"호호호홋!"

나는 혀를 찼다. 환자는 지금 사경을 헤매고 있는데, 참 잘들 논다.

"카카르! 제노비아 얘기, 사실이야?"

어깨를 움츠리며 엘리사가 물어왔다.

나는 한숨을 내질렀다. 가 보지 않았으니 나도 알 순 없다. 그러나 그게 뻥이라면, 세상의 모든 진실로 과대 포장된 소문들은 이런 식으로 생겨났을 것이라고 생각하니 왠지 한심한 생각이 들었다.

이런저런 수다는 계속됐다. 메렐레인의 의식도 잠깐씩이지만 돌아왔다. 이미 각오한 듯 그녀는 자신이 천연두에 걸렸다는 말에 비교적 담담한 반응이었다.

나는 나일 강물을 두 손에 모아 메렐레인의 입에 조금씩 부었다.

"향긋하네요. 맛있어요!"

힘없는 목소리로 그녀가 중얼거렸다. 맥이 풀린 얼굴이 하루 사이에 많이도 수척해져 있었다.

"나일강은 예로부터 물맛이 좋기로 유명하죠."

그렇게 말하며 수분 섭취를 좀 더 권했지만, 메렐레인은 초점 잃은 멍한 눈으로 나를 바라보기만 했다. 그러다 이내 그녀가 무거운 입을 열었다.

"카카르!"

"예!"

"만약에……."

그녀는 잠시 뜸을 들이다 다시 말을 이었다.

"내 얼굴에 홍반이 생기고 수포가 돋아도, 그때도 사람들은 예전 같을까요?"

"……."

그녀의 뜬금없는 소리에 나는 적잖이 당황했다. 하지만 한편으론 이해할 만했다. 어찌 보면 내가 나한테 한 번쯤은 던져봄직 했을 법한 질문이었다. 달콤한 거짓과 잔인한 진실 사이에서 고민한 끝에 나는 답했다.

"예전 같지 않겠죠."

예상대로 그녀는 쓴웃음을 지었다.

"그렇군요."

나는 이마를 덮은 메렐레인의 머리를 슬쩍 넘겼다. 헛기침을 몇 번 한 뒤 말했다.

"하지만 당신을 사랑하는 어떤 사람이라면, 스스로 눈을 멀게 할지도 몰라요."

그녀의 눈이 잠깐이지만 커졌다. 입가에 엷은 미소를 흘리며 그녀가 말했다.

"그런 사람이 있을까요?"

나는 얼굴이 화끈 달아오른 걸 느꼈다. 숨소리가 거칠어지기 전에, 그녀가 눈치 채기 전에 나는 그녀의 질문에 대한 끝맺음을 후다닥 하기로 했다.

"모르죠. 하지만 그건 순전히 당신한테 달렸어요. 후후, 걱정 말아요. 그럴 일 없을 테니. 당신을 온전하게 지키는 게 우리 임무입니다. 그러니 지금은 병을 이길 생각만 하세요."

그렇게 말하고 우리는 잠시 대화를 중단했다. 상류 쪽에서 우리를 마주보며 내려오는 배의 행렬 때문이었다.

저게 뭘까?

"장례 행렬이에요."

이삭이 말했다.

과연 횃불을 든 배를 선두로 꽃으로 장식한 관을 실은 배가 뒤이어 떠내려 오고 있었다.

"죽은 자는 강의 흐름을 따라 저승으로 인도됩니다."

선두에 서서 노를 젓는 자는 두건을 쓰고 머리를 길게 늘어뜨리고 있었다. 죽은 자의 영혼을 태우고 명부의 강을 저어 가는 그의 모습은 카론[59]을 닮았다. 나는 속으로 헤르메스를 부르며 그 명부의 강에 동전 하나를 던져 넣었다.

그리스에선 사람이 죽으면 뱃사공 카론의 인도를 받아 저승의 강을 건넌다. 비통의 강 아케론, 시름의 강 코키토스, 불의 강 플레게톤, 망각의 강 레테를 건넌 뒤 엘리시온의 들판을 지나고 증오의 강 스틱스를 거쳐 저승에 이르는 것이다.

---

59 그리스 신화. 헤르메스에게 인도되어 온 죽은 자의 영혼을 명부의 강 너머 저승으로 인도하는 뱃사공. 어둠의 신 에레보스와 밤의 여신 닉스 사이에 태어났다.

나는 뒤를 돌아다보았다. 별빛 아래로 멀리 죽은 자들의 도시가 있는 언덕이 보이는 듯했다. 이집트인들이 말하는 저승은 어딜까? 저기 언덕 아래 네크로폴리스[60]일까, 아니면 천궁의 어디쯤일까.

그렇게 중얼거리다 말고 문득 메렐레인의 잠든 얼굴을 물끄러미 내려다보았다. 고개를 흔들었다. 역시 그 따위 질문은 산 자가 관여할 영역이 아니었다.

나는 잠든 그녀를 내려다보며 속삭였다.

"메렐레인, 저길 보세요."

파피루스가 강안을 따라 무성하게 우거져 있고, 푸른빛을 내는 덩어리들이 주위를 날고 있었다.

"영혼들이에요."

물론 그건 영혼이 아니라 반딧불이였다. 반딧불이와 메렐레인의 눈가에 스친 눈물이 겹쳐 보였다. 나는 그것이 이시스 여신이 흘리는 눈물이라 생각할 참이었다.

"다 잘될 거예요."

나는 지그시 그녀의 손을 잡았다.

동이 틀 무렵, 드디어 우리는 목적지로 향하는 강변에서 하선했다. 이삭은 강변에서 서쪽으로 알렉산드리아를 향해 평행하게 가로지르는 방향이 샘으로 가는 길이라 했다. 그는 건투를 빌며 돌아올 때까지 여기서 기다리겠다고 했다.

---

60 공동묘지를 뜻하는 그리스어. 고대 도시에는 성벽 밖으로 많은 묘지가 형성되어 있곤 했는데, '죽은 자의 도시'라 불렸다.

우리는 이삭을 뒤로한 채 발길을 옮겼다. 바르카, 로잔, 월영은 여기서부터 서쪽 세 갈래 방향으로 흩어져 샤프란을 찾아 나섰다. 서쪽 계곡의 요정의 샘에서 합류하기로 하고, 나는 제노비아, 엘리사와 함께 육로로 이동했다. 낙타 오프리스가 메렐레인을 끌개에 태운 채 뒤를 따랐다.

카노푸스를 떠난 지 수일. 남쪽으로 장장 오백 리를 이동한 끝에, 우리는 드디어 목적지에 도착했다.
메마른 암석 계곡 사이에서 우리를 맞이한 것은 폐허가 된 어느 신전이었다. 제노비아의 말에 따르면, 요정의 샘은 신전의 중앙에 솟아나는 물웅덩이를 말하는 것이었다. 신전 안쪽에서 파란 하늘이 비치는 웅덩이를 만난 순간, 마치 모세의 샘이라도 발견한 듯 우리는 서로 부둥켜안고 한동안 기뻐 날뛰었다.
해가 뉘엿뉘엿 넘어갈 무렵. 넝마가 된 바르카가 신전에 도착했다. 그는 고개를 절레절레 흔들었다. 샤프란은 없었다.
"이제 어떡하죠?"
한참을 실망하다가 제노비아에게 묻자, 그녀가 지친 음성으로 대답했다.
"어떡하긴, 다음 사람이 도착하길 기다려야지."
다음 날 동틀 무렵 로잔이 왔고, 정오를 조금 넘겼을 때 월영이 도착했다. 그러나 하나같이 빈손이었다. 예상한 일이었지만, 실망이 점점 절망으로 바뀌어가기까지 채 한나절도 걸리지 않았다. 남은 것은 이제 노아 한 명뿐.

기약 없이 노아를 기다리는 우리 앞에 제노비아가 섰다. 뭐라도 해야 했다. 그녀의 의견에 따라 의례적인 입욕 후, 신전에서 기도를 하고 밤을 새우기로 했다.

제노비아와 엘리사가 메렐레인을 부축해 샘물에 뉘었다. 쇠약해진 메렐레인은 이제 거의 미동도 보이지 않았다. 그녀의 몸이 절반쯤 샘물에 담겼다. 진홍빛 머리가 어깨를 지나 등을 타고 폭포수처럼 흘러내렸다.

나는 주위를 밝힐 호롱불에 기름을 채우고 불을 붙였다. 우리는 허물어진 신전 기둥에 머리를 대고 주저앉았다.

흐릿한 호롱불 위로 요정들이 날아와 춤을 춰 댔다. 그건 나방이었을 테지만, 아무래도 상관없었다. 인간이 할 수 있는 걸 한 이후는 운명의 영역이다. 이제 우리가 할 일은 그저 노아가 오길 기다리는 것뿐이었다.

밤이 더 깊어 갔다. 노아는 아직이었고, 동료들은 깊은 잠에 취해 있었다.

나는 신전의 허물어진 벽에 기대었던 머리를 뗐다. 문득 '어쩌면······'이라는 불길한 생각이 머리를 스쳤다. 나는 고개를 뒤로 젖혔다. 그리고 힘껏 벽을 향해 머리를 들이받았다.

쾅!

바보 같은 생각 말자. 바보 같은 생각 말자. 바보 같은······.

그때였다.

부스럭!

저쪽 풀숲에서 뭔가 움직였다. 그것은 달빛을 받아 크고 시커먼 그림자를 내 쪽 방향으로 늘어뜨리고 있었다. 나는 조심스레 활을 집어 시위를 메긴 다음, 화살통을 어깨에 걸었다.

으르렁 소리를 내는 거대한 짐승은 곧 그 육중한 몸집을 일으켜 세웠다. 그리고 한 걸음 한 걸음 내 쪽으로 기어들어왔다. 날카로운 송곳니, 온몸에 돋은 송곳 같은 털. 그 짐승은 거대한 회색 늑대였다.

나는 활을 땅에 떨구었다. 공포 때문이 아니었다. 그것은 감격과 오히려 슬픔에 가까운 연민 때문이었다. 늑대의 붉은 눈이 울고 있었다. 내 친구 노아였다.

"노아!!"

절규에 가까운 내 목소리에 동료들이 잠을 깼고, 놀란 회색 늑대 한 마리가 멀리 언덕을 뛰어 넘고 있었다. 늑대가 사라진 자리에는 자줏빛 샤프란 한 다발이 놓여 있었다. 내 친구를 다시 볼 날이 있을까. 미안해! 또 고마워! 나는 샤프란을 부여잡고 한동안 얼굴을 일그러뜨렸다.

동료들은 한동안 어리둥절한 표정으로 나를 다그쳐 물었지만, 자초지종 따위 내가 알 바 아니었다.

나는 살몬이 처방한 대로 샤프란의 노란 암술로 차를 끓였다. 차가 다 끓자, 나는 차와 꿀 조각을 들고 메렐레인에게로 갔다. 꿀 조각을 그녀의 입에 넣고는 달인 샤프란 차를 입술에 갖다 댔다.

"삼켜요."

메렐레인이 힘에 겨운 눈꺼풀을 살며시 들어올렸다. 꿀 조각을 지그시 입에 문 그녀는 한 모금의 차를 길게 나눠 마셨다. 한 모금, 또 한 모금…….

그녀의 얼굴에 점차 평온이 깃드는 느낌이었다.

다음 날 동이 트기 전, 우리는 요정의 샘을 빠져나와 이삭이 기다리는 동쪽으로 향했다. 샤프란은 예상만큼은 아니었지만 어느 정도 효과가 있었다. 거사로 심신이 지친 우리를 향해 메렐레인이 화사한 미소로 보답했다. 그것으로 충분했다.

메렐레인은 오프리스의 등에 올랐고, 내가 고삐를 잡았다. 우리 둘은 일행보다 앞서 저만치서 걷고 있었다.

"평생 갚지 못할 빚을 졌군요. 감사해요."

그녀가 말했다.

나는 지평선으로 시선을 옮겼다. 감벽[61]의 하늘 아래로 멀리 나일강이 새벽 어스름 속에 묻혀 있었다.

"메렐레인, 당신은 누군가에게 손을 내민 적이 있나요?"

"……."

"빨리 가려면 혼자서 가라, 길이 멀면 함께 가라는 말이 있어요. 우린 함께 걷는 사람들이니까. 서로가 입장이 바뀌었어도 당신은 기꺼이 손을 내밀었을 겁니다. 빚이란 표현은 적당치 않아요. 우린 동료잖아요."

"……그렇군요."

그녀가 잔잔한 음성으로 답했다. 잠깐 생각에 잠긴 그녀가 숨을 모았다 내쉬며 다시 말했다.

"제가 고향 얘기 했던가요?"

"……."

---

61 암청색

그녀는 눈을 감았다. 바람에 가지가 흔들리듯 몸을 맡기고, 꿈을 꾸는 듯한 음성으로 그녀가 말했다.

"수백 년 전, 우리 민족은 온기를 좇아 남하하기 시작했습니다. 기나긴 여행의 시작이었죠. 울필라스[62]의 가르침에 인도되어 다뉴브 강을 건너고, 멀리 아드리아 해를 지나 로마로, 더 멀리 히스파니아로. 하지만, 꿈을 좇는 행렬이 이어지기 전……. 우리 민족의 고향은 얼음으로 뒤덮인 땅. 드넓게 펼쳐진 너도밤나무 숲이 하늘 끝자락에 맞닿은 곳이었답니다."

고트 민족 이야기였다. 메렐레인은 그날 처음으로 내가 그녀 과거의 단편을 일부나마 엿보는 걸 허락했다. 그것은 그녀가 내게 들려줄 일기장의 첫 페이지에 불과했지만 말이다.

"내가 처음 여행길에 올랐을 때, 마음은 고향의 얼어붙은 호수 같았습니다. 아무것도 비치지 않고, 아무것도 품을 수 없고, 단단함의 서슬만이 퍼렇게 빛날 뿐. 소리치면 새들 대신 텅 빈 메아리만 날아올랐죠. 마음을 놓쳐 버린 길 위에서 훔치지 않은 눈물이 발등 위로 떨어졌답니다. 나는 문득 알게 되었지요. 내가 다시 같은 장소를 지나쳐가고 있음을. 또다시 혼자가 되었음을. 오래되었다고 생각한 여행이 실은 같은 자리만 맴돌 뿐이었다는 걸."

별빛마저 삼켜 버린 새벽, 동편 하늘이 하얗게 숨겨뒀던 속살을 드러내기 시작했다. 가려진 구름 사이로 내려 온 빛의 장막들이 누군가의

---

62 초기 그리스도교의 위대한 선교사 중 한사람으로 고트족에게 복음을 전하고, 처음으로 성경을 고트어로 번역했다. 고트족은 유럽을 방랑하는 동안 늘 울필라스가 번역한 성경책을 가지고 다녔다.

손길처럼 메마른 이집트 땅을 어루만지고 있었다.

그 빛의 장막을 올려다보며 메렐레인이 중얼거렸다.

"먼 길을 돌아온 느낌이네요. 이제 조금은 알 수 있을 거 같아요. 우리는 불완전하기에 서로 채워질 수 있다는 걸. 내 불완전함을 깨닫는 곳에서 진짜 여행은 시작된다는 걸."

그녀가 내려다보며 내게 말했다.

"우리…… 먼 길을 함께 가요."

오프리스의 등 위에서 환하게 미소 짓는 그녀가 반짝이고 있었다.

가슴이 벅차올라서일까. 설명하긴 어렵다. 나는 빨려들 듯 그녀의 눈동자 앞에 멍하니 고개를 쳐들고 있었다. 하지만 그리 오래가진 못했다. 루잔이 손가락을 치켜들며 출발을 다그쳤기 때문이다.

"빨리 움직여야겠어요. 강의 신이 분노할 시간이 다가와요."

로잔이 가리킨 하늘에 대홍수의 별, 천랑성이 빛나고 있었다. 불어난 나일강은 메마른 땅엔 축복이기도 하지만, 강을 타는 자에겐 악몽이기도 했다.

부지런히 이동한 끝에 우리는 해가 지기 전에 동쪽 나일강 어귀에 도착했다. 이삭의 뗏목이 우릴 기다리고 있었다.

우리는 뗏목을 타고 나일강을 따라 내려가 사라피스 신전으로 돌아왔다. 살몬 신관이 우리를 반가이 맞이했다. 신관은 불가능했던 임무의 실현에 몹시 놀라워했다. 우리는 사라피스 신관의 환대 속에 하루를 더 묵었다.

다음 날 떠날 채비를 하는 우리에게 살몬이 일거리를 하나 의뢰했다. 그는 낡은 신전을 재건할 생각이었다. 시대를 거스르는 일이라 충고하고 싶었지만 그만뒀다. 노인의 눈은 희망으로 가득 차 있었다. 나는 그 눈 속에서 초여름에 핀 샤프란을 보았다.

해서, 늙은 신관의 의뢰를 맡기로 했다. 일은 간단했다. 레반트 땅에 들어가면 신전 재건에 쓰일 삼나무를 구해 달라는 의뢰였다.

우리는 살몬으로부터 삼나무 구입 대금과 소정의 여행 경비를 지원받고 신전을 나섰다. 참! 살몬은 소개장도 잊지 않았다. 사라피스 신전 성직자의 소개장은 타지에서 요긴하게 쓰일 신분증명서 같은 것이었다.

우리는 카노푸스 항구에서 니오르드호와 작별했다. 시구르손이 이끄는 하얀 범선은 곧바로 항로를 티로스로 잡았고, 우리는 살몬 신관이 맡긴 일을 처리하기 위해 델타 삼각주의 오른쪽 해안을 따라 육로로 이동하기로 했다. 목적지는 펠루시움이었다.

떠나가는 자의 등 뒤로, 멀리 늑대의 구슬픈 울음소리가 들렸다. 나는 한낮의 소나기 같은 햇살을 맞으며, 끝도 없는 시나이 땅의 황무지로 걸어 들어갔다.

2장 4절
갈림길에서

펠루시움[63]은 이집트로 들어오는 입구인 나일강 동쪽 어귀에 있었다. 여기서부터 동쪽으로는 홍해를 끌어안은 불모의 땅, 남쪽으로는 모세가 십계명을 받았다는 성산, 시나이 산[64]이다.

마을 촌장에게 살몬 신관의 소개장을 보이자, 촌장은 술과 고기를 내어 우리를 환대했다. 인간이 만든 법이 힘을 잃은 시대에, 낯선 곳에서 이방인이 신뢰를 얻는 방법은 역시 종교의 힘을 빌리는 것. 우리의 경우엔 살몬 신관의 소개장이 그것이었다.

---

63 성서에 신(Sin)이라는 이름으로 나오는 이집트 고대 도시
64 모세가 야훼로부터 십계명을 받았다는 산

동료들이 양고기 꼬치와 야채로 버무린 케밥[65] 한 그릇을 뚝딱 해치울 무렵, 나는 지붕 위에 앉아 있었다.

우울한 심정을 떨치기 위해 사방을 살폈지만, 보이는 거라곤 황량한 광야와 거친 모래바람 뿐이었다. 노아의 빈자리는 생각보다 컸다. 저 멀리 달구지길이 아스라이 사라지는 지점, 나는 보이지도 않는 시나이 산을 응시했다.

당신은 이미 알고 있다. 우리의 인연이 짧다는 걸, 이승의 인연이란 한낱 티끌에 지나지 않다는 걸, 부는 바람에도 지푸라기처럼 쓸려가 버릴 덧없는 것이란 걸. 생자필멸! 사랑이 가까울수록 이별 또한 가깝다는 걸, 당신은 이미 알고 있지 않은가?

지붕 위의 필멸자가 던지는 반복되는 질문에 시나이 산의 신은 침묵으로 일관했다.

그 침묵의 한복판……. 내 어깨 너머로 그림자 하나가 길게 늘어졌다. 그것은 아까부터 나를 주시하고 있었다. 기회를 엿보고 있었으며, 나와 같은 부류의 냄새를 풍기고 있었다. 그것은 살기를 띤 칼잡이의 형태를 띠고 있었다.

"마고가 보냈냐?"

나는 허리춤의 빈 칼집에 손을 가져가며, 카르타고 그림자길드의 두령을 떠올렸다.

"……."

암살자는 침묵했다. 쇠붙이 마찰음이 스릉 — 하고 들렸다. 롱소드가

---

65 꼬챙이에 끼워 불에 구워낸 유목민 음식

칼집에서 뽑히는 소리는 아니었다. 나는 그것이 찌르기에 적합한 망고슈나, 레이피어 형태의 숏소드라 생각했다.

"이유가 뭐냐?"

나는 시간이라도 벌어 볼 심산으로 재차 물었다. 생각할 시간이 필요했다.

"변절자는 처단한다. 그뿐이다."

복면 속에서 새어나오는 목소리는 음산했다. 노련한 칼잡이들이 늘 그렇듯, 감정이 드러나지 않는 음성이었다.

거리는 보폭으로 대여섯 걸음. 나는 상대를 등지고 있었고, 삶과 죽음이 갈리는 거리는 극히 짧았다.

나는 상대가 누군지 모른다. 상대의 실력도 가늠할 수 없다. 삶이 덧없는 것이라면, 이 순간 운명이 내편이 아닐 수도 있다는 생각이 들있다. 하지만 운명이 정해진 것이라면, 두려워할 필요 또한 없는 일이었다.

마음은 우울함과 차분함 사이 중간 정도에서 멈춰 섰고, 나는 소리에 집중하기 시작했다. 상대의 호흡 소리, 관절의 뼈가 움직이는 소리 하나까지 놓치지 않으려 애썼다.

상대의 공격이 횡으로 날아오는 베기라면, 내 목은 공중으로 솟구칠 것이다. 만약 그게 찌르기고, 운이 좋다면, 나는 상대의 뒷덜미를 움켜잡을 수 있을 것이다.

말이 쉽지, 그건 전략도 뭐도 아니었다. 그건 그냥 도박이었다.

다음 순간, 놈이 도약하는 소리가 들렸다. 온몸의 신경세포가 곤두섰다.

온다!!!

저건 베기가 아니라 찌르기다. 나는 마음속으로 기도하듯 외쳤다. 그리고 급격하게 상반신을 오른쪽으로 비틀었다.

타앗!

콱!

칼끝은 내 심장을 비껴나 쏜살같이 어깨를 스쳐 지나갔다. 천이 찢기고 살점이 튀었다. 동시에 내 왼손이 놈의 뒷덜미를 움켜잡았다. 우리는 그 자세로 엉켜 공중에 한 번 솟구친 뒤, 그대로 지붕 아래로 굴러 떨어졌다.

운 좋게도 이번엔 도박에서 이긴 듯했다.

나는 암살자의 가슴팍에 떨어졌고, 내게 깔린 녀석은 나무 그루터기에 찍혀 등뼈가 부러졌다. 부러진 뼈가 살을 뚫고 붉은 선혈이 땅을 적셨다. 폐를 찔린 모양이었다.

"이유가 뭐냐?"

나는 놈의 가슴을 손으로 누르며 다시 물었다.

거친 숨을 쏟아 내며 놈이 말했다.

"어둠 속에서 나온 순간, 그림자는 항상 따라붙는다. 기억해라. 다음 번엔 더 강한 놈이 널 맞으러 갈 것이다. 저 붉은 머리의 여자 곁을 맴도는 한, 넌 절대 그림자를 벗어날 수 없다."

쿨럭! 하고 놈의 입에서 피가 쏟아져 나왔다. 입에 고인 핏물을 삼키며 놈이 다시 말했다.

"흐흐흐. 눈은 항상 너를 지켜보고 있다."

동공이 커지나 싶더니, 이내 칼잡이는 사지를 축 늘어뜨렸다. 나는 시체의 다리를 질질 끌고 근처 잡풀 밭으로 갔다.

그날, 나는 미네르바가 경고한 첫 번째 그림자를 땅에 묻었다. 마음이 착잡했다. 이놈은 따지고 보면 나와 같은 형제. 흙 속에 반쯤 파묻힌 녀석의 얼굴이 루카나 고타 같기도 하고, 내 자신 같기도 했다.

돌아오는 길에 나는 생각에 잠겼다. 우리가 빵부스러기를 흘리고 가는 것도 아니고, 우리 위치를 대체 어떻게 아는 것일까? 오에아에서도 그랬고, 여신호에서도 그랬고, 방금 파묻은 놈도 마찬가지다. 처음엔 우연이라 생각했는데, 이쯤 되면 우연의 연속은 이미 필연이다.

나는 결론을 내릴 수밖에 없었다. 우리 안에 배신자가 있다.

촌장집의 문을 열고 들어섰을 때, 동료들은 아직 왁자지껄하게 식사를 즐기고 있었다. 웃음소리 때문에 지붕 위에서 벌인 사투는 눈치 채지 못한 모양이었다.

문간에 선 나를 향해 동료들이 손짓했다.

"어? 카카르! 어디 갔었어?"

"큰 볼일이라도 본 거냐? 이리 와! 한 잔 해야지!"

나는 주위를 스윽 둘러봤다. 동료들의 얼굴엔 해맑은 미소가 가득했다. 각자에 대한 신뢰가 없다면 저런 웃음을 보일 수가 없다. 그들 속에 배신자가 있다니. 인정하고 싶지 않았다.

"꺅! 카카르, 피!!"

의자가 넘어지고 놀란 엘리사가 달려왔다. 식사를 중단한 동료들이 나를 에워쌌다.

"어떻게 된 거야? 무슨 일이야?"

어깨의 상처가 생각보다 깊었나 보다. 팔뚝을 타고 내려온 핏방울이

뚜둑뚜둑 바닥에 떨어졌다.

"칼자국이군. 누구랑 싸운 거야?"

제노비아가 물었다.

지직 — 메렐레인이 치맛단을 찢었다. 그녀는 천 조각을 내 어깨에 갖다 댄 뒤, 빙 둘러 묶어줬다.

"괜찮은 거예요?"

수심에 찬 그녀의 눈동자가 떨리고 있었다.

나는 고개를 끄덕였다. 애써 태연한 척 미소 지은 후 로잔이 가져 온 의자에 주저앉았다.

차마 입이 떨어지지 않았지만, 나는 자초지종을 설명해야 했다. 우리 중 누군가 카르타고 그림자길드와 접촉해 지금껏 이동경로에 대한 정보를 흘렸을 가능성에 대해 말이다.

일단 동료들을 전부 한자리에 모이게 해야 했다. 로잔과 바르카가 2층 침실로 올라가고, 엘리사가 현관문을 잠갔다.

잠시 후 나머지 동료들이 내려왔고, 한자리에 모였다. 한 사람만 빼고…….

"고타는?"

내 질문에 루카가 고개를 가로저었다.

"……."

"돈 보따리도 없어. 삼나무 구입 대금이랑 여행 경비 몽땅."

중얼거리는 루카의 얼굴이 심하게 일그러져 있었다.

그렇군. 고타였군. 휴 —

나는 얼굴을 감싸 쥐었다. 이제야 반복되는 습격에 관한 의문이 풀렸다. 오에아에서부터 어째 이상하다 했는데.

"어쩌지?"

바르카가 한숨을 쉬며 물었다.

"고타가 범인이라고 아직 단정 지을 순 없어. 루카랑 얘기 좀 해야겠어."

나는 2층 고타의 방으로 터벅터벅 올라갔다. 루카가 내 뒤를 따랐다.

"이해가 안 돼."

나는 침대에 걸터앉아 혼잣말처럼 중얼거렸다.

루카가 천에 물을 적셔와 팔뚝에 엉겨 붙은 핏자국과 돌가루를 닦아 내면서 말했다.

"카카르!"

"응."

"우리…… 친구지?"

나는 전에 없이 진지해진 루카의 눈을 보며 고개를 끄덕였다. 번개머리의 친구가 다시 입을 열었다.

"고타를 원망하진 말자. 녀석의 신변에 무슨 일이 생긴 게 틀림없어."

나는 루카의 눈을 피해 바닥으로 시선을 떨구었다.

"고타는…… 우릴 죽이려고 했어."

나는 이빨을 꽉 깨물었다. 분노 때문이 아니라, 인정하고 싶지 않은 현실에 대한 반발 때문이었다.

"그러니까 가서 고타를 찾아야지. 찾아서 이유를 알아내야지. 너도 알잖아! 그럴 놈이 아니라는 걸……. 뭔가 오해가 있을 거야."

"……."

"이봐, 친구!"
"그래…… 무슨 사정이 있겠지."
루카가 잠시 생각에 잠기더니, 내 가슴을 툭 주먹으로 쳤다.
"그래도 티로스까진 가야겠지. 힐데리크 왕이 내린 임무니까."
나는 고개를 끄덕였다.
루카가 한쪽 무릎을 굽히며 내 손을 잡았다.
"그러니까 카카르. 약속해 줘! 일이 끝나면 꼭 돌아간다고, 응?"
"……."
"약속해 줘! 꼭 돌아간다고."
나는 쓴웃음을 지어 루카를 안심시켰다.
"그래. 우리 임무는 거기까지지."
나는 뒤통수에 루카의 시선을 느끼며 돌아섰다. 감당할 수 없는 피로가 몰려왔다.

이별은 어떤 형태가 됐든 항상 아픈 법이다. 노아가 그러했고, 고타가 그러했다. 그리고 우린 다음 날 아침 세 번째 이별을 맞이했다.
펠루시움을 나오면서 로잔이 작별인사를 고했다.
"이제부터 거의 직선행로입니다. 삼백 리를 더 가면 카이사레아, 거기서 또 삼백 리를 더 올라가면 드디어 티로스예요."
손가락으로 지평선을 가리키는 그의 표정은 무거운 짐을 내려놓은 사람의 그것처럼 가벼워 보였다. 그에게는 이제 가족 곁으로 돌아갈 일만 남았다. 나는 그런 로잔이 부럽기도 하고, 섭섭하기도 했다.
바르카는 한번 가족은 영원한 가족이라며 짧은 인연을 못내 아쉬워

했다. 로잔도 그 말에 동의했는지, 한때나마 가족처럼 함께했던 동료들을 한 사람 한 사람 뜨거운 포옹으로 작별을 고했다.

"엘리사! 당신은 순수한 영혼을 가진 사람이에요. 부디 거친 세상에 휩쓸리지 않기를."

어깨를 들썩이던 엘리사가 결국 울음을 터뜨렸다.

로잔……. 그의 선한 눈빛을 다시 볼 날이 있을까. 그가 해주는 음식은 언제나 가뭄에 단비 같았다. 때론 뛰어난 칼솜씨로 우리 곁을 지켰고, 우리들의 잠자리를 살피고 항상 마지막으로 잠드는 자. 그는 최고의 길잡이였다. 그런 로잔을 떠나보내자니 아쉬움이 컸다.

우리는 그를 기억하겠지만, 그의 기억 속에 우린 스쳐가는 수많은 인연의 한 자락일 뿐이겠지. 나는 그것이 못내 야속했다

로잔은 서쪽 지평선으로 검은 점이 되어 사라져 갔다. 우리는 그를 뒤로 한 채 카이사레아로 발길을 옮겼다.

사흘을 이동한 우리는 카이사레아 외곽지대를 지나갔다.

카이사레아는 블레셋[66] 땅에서 가장 유복한 도시로 처음에 시돈 왕의 이름을 따 '스트라토의 탑'이라 불린 항구였는데, 헤롯 왕의 치세를 거쳐, 로마 속주가 된 후 카이사르의 이름을 따 지금의 카이사레아가 되었다.

그날 저녁, 우리는 폐허가 된 성벽 아래에서 모닥불을 피웠다. 나는 로잔이 늘 하던 대로 작은 함정을 판 후 나뭇가지를 덮었다. 내일 아침 식사거리는 여기서 나올 것이었다. 기왕이면 토끼 같은 게 걸리면 좋

---

66 지금의 팔레스타인. 성경에는 히브리 땅 가나안으로 기록

으련만.

간단한 식사가 끝나자, 우리는 모닥불 주위로 자리를 펴고 누웠다. 로잔의 말이 맞다면, 이제 하루나 하루 반나절만 더 가면 대망의 티로스였다.

그런데 이상했다. 목적지가 코앞인데, 기쁨보다 우울함이 더했다.

"여행이란 게 그런 거지, 삶이 그러한 것처럼."

팔베개를 하고 누운 바르카가 푸념하듯 말했다. 곰곰이 생각해 보니, 그의 말대로 삶과 여행은 묘하게 닮은꼴이었다. 뭐라도 할 수 있을 것처럼 설레고, 영원히 타오를 것 같다가, 허망하게 식어 버리고 마는 그런 것일까.

"바르카. 당신은 사랑하는 여자가 있나요? 혹은 있었거나."

불쑥 엘리사가 물었다. 엘리사를 흘깃 보던 바르카가 밤하늘로 고개를 돌리며 말했다.

"나는 세상의 모든 여자를 사랑하오."

그럴 줄 알았다는 표정으로 엘리사는 이번에는 월영에게 되물었다.

"당신은요?"

월영은 칼자루를 앞으로 당기며 중얼거리듯 대답했다.

"티끌에서 태어나 티끌로 돌아가는 사이에 이루어지는 선택 말인가?"

엘리사는 돌아누웠다. 기대했던 대답은 아닌 듯했다.

얼마간 정적이 흘렀다. 엘리사의 입에서 휴 ― 하고 깊은 한숨이 섞여 나왔다. 넋두리 같은 소리로 그녀가 말했다.

"우리…… 내일이면 헤어지네."

엘리사의 말에 답하는 이 아무도 없었다. 침묵이 우리의 대답이었다.

"벌써부터 로잔이 보고 싶어."

엘리사는 추위라도 느끼는 듯 양팔로 몸을 감쌌다.

나도 돌아누웠다. 잠이 안 왔다.

제노비아가 성곽 폐허 속에서 뭔가를 손에 들고 오더니, 나무 기둥에 등을 대고 앉았다. 그녀는 손에 든 것의 흙먼지를 정성스럽게 닦아내었다. 그것은 악기처럼 생겼고, 테두리를 따라 안쪽으로 수십 개의 가닥으로 현이 나 있었다. 하프였다.

"연주할 줄 알아요?"

"어떨 거 같아?"

그녀는 하프의 먼지를 털기 위해 후 — 하고 바람을 불었다.

"여기서부터 동쪽으로는 이국의 땅이겠지요?"

"그래. 동쪽으론 칼데아, 거기서 위쪽으론 페르시아 땅이지."

"페르시아 여자들은 어떤가요?"

바보 같은 질문에 나는 아차 싶었다. 그녀의 눈이 게슴츠레해졌기 때문이다. 괜스레 놀림이나 당하진 않을까 후회되어 나는 그녀로부터 시선을 돌렸다.

악기를 손보는 그녀는 현에 시선을 고정한 채 낮게 웃었다.

"글쎄, 베일이나 히잡, 배꼽을 드러낸 걸치다 만 옷에, 양탄자 위에서 추는 요염한 춤. 뭐 그런 이미지?"

"……"

"왜?"

"그냥. 그쪽 여인네도 사지 멀쩡한가 싶어서요."

"……"

"실은, 당신한테 페르시아 여자 냄새가 나서 말이죠."

제노비아가 하프를 슬그머니 내려놓더니 말했다.

"그렇게 생각하는 이유는?"

"석류 향기가 나니까."

"……."

예로부터 주홍빛 천국의 열매라 불리는 석류의 원산지는 페르시아였다. 물론 석류 냄새가 배었다고 해서 꼭 페르시아인일 이유는 없지만 말이다.

"후후, 카카르. 매번 느끼는 거지만, 너는 사람을 놀라게 하는 재주가 있네."

제노비아가 나무 기둥에 머리를 대고 양손으로 무릎을 모았다.

"그래. 한때 아후라 마즈다[67]를 섬기는 불의 신전 무녀였던 적이 있었지. 옛날 일이긴 하지만."

"엑! 정말? 페르시아 출신이에요?"

엘리사가 반쯤 자리에서 몸을 일으켰다.

"그냥 해본 소린데 정말일 줄이야."

내가 실소를 터뜨리자, 제노비아도 멋쩍은 미소를 지었다.

"킥킥, 당했네."

밤이 깊어 갔다. 나와 엘리사만이 제노비아의 오래전 과거에 귀를 기울이고 있었다. 그녀는 아스파다나[68] 출신으로 배화교 신전 무녀였으

---

67 이란 고대 종교인 조로아스터교(배화교)의 최고신
68 현재의 이스파한. 페르시아의 옛 수도로 이란 테헤란 남쪽에 위치.

나, 동란으로 가족을 잃고 세상을 떠도는 신세가 되었다고 했다. 본의 아니게 음유시인이 된 그녀의 무용담은 밤을 꼴딱 새게 할 만큼 재미가 있었다.

하지만 정작 중요한 얘기는 듣지 못했다. 알렉산드리아엔 어떻게 왔으며, 우리 여행에 동참하게 된 진짜 이유가 뭔지 말이다. 나는 그녀가 고리대금업자란 말을 액면 그대로 믿지 않는다.

"별의 신탁을 찾아오는 페르시아 사람들 얘기를 들은 적이 있어요. 성서에도 나오잖아요. 마기[69]⋯⋯. 혹시 당신도 마기인가요?"

눈망울을 반짝이며 엘리사가 물어왔다. 그러자 그녀는 호호호 웃으며 엘리사의 말에 손을 저었다.

"마기는 남자들이야."

엘리사와 제노비아는 지치지도 않고 수다를 떨었다. 대단했다. 하지만 더 대단한 건 수다 소리에도 몸 한 번을 꿈쩍도 않고 잠들어 있는 동료들이었다. 얼마나 피곤했으면.

오늘밤도 나는 쉬이 잠들기 어렵겠구나 생각했다.

"제노비아! 혹시, 마법 할 줄 알아요?"

엘리사의 뚱딴지같은 질문이 이어졌고, 덕분에 그녀는 내 비아냥거림을 들어야 했다.

"바보야! 무녀가 마법 하는 사람이냐?"

이에 엘리사가 발끈했다.

---

[69] 성서에 나오는 동방박사. 점성술 능한 페르시아 사제들로, 베들레헴의 별에 이끌려 예수를 찾아온 사람들이 마기였다.

"모르나 보네. 배화교 신관이 불의 정령을 다룬다는 건 알 만한 사람들은 다 안다고!"

"마법은 그냥 소문일 뿐이야. 나도 실제로 본 적은 없어."

"못 봤다고 존재하지 않는다는 증거가 어디 있냐?"

엘리사는 지지 않겠다는 듯 열을 올려댔다. 나는 그런 엘리사가 이상하게도 밉지 않았다.

그때 제노비아가 끼어들었다. 그녀가 치켜든 하프가 나랑 엘리사 사이를 반으로 갈라놓았다.

"다 됐어."

제노비아는 만족스런 미소를 지어 보였다. 손질이 끝난 하프의 현이 달빛 속에서 은은하게 빛나고 있었다.

"신의 섭리는 부름 받지 못한 자에게나 달콤할 뿐, 섭리를 맛본 자는 그 쓴맛을 알게 되지. 마법도 마찬가지가 아닐까. 세상의 모든 기적은 그 섭리 중 하나라고 생각해."

제노비아는 한쪽 눈을 지그시 감은 후, 하프를 끌어당겨 가슴에 뉘였다.

"자, 들어봐. 신의 목소리를 들려줄 테니."

팅 — 하고 하프의 현이 울렸다. 제노비아의 맑은 음성과 함께 감미로운 선율이 호수 위의 파장처럼 주위로 퍼져 나갔다.

언젠가 해가 저물고 새 시대가 오면 ~

사람들은 기억할 수 있을까요 ~

그날 구원의 길에 흘린 순례자의 핏자국을 ~

언젠가 해가 저물고 새 시대가 오면 ~

사람들은 기억할 수 있을까요 ~

악과 싸웠던 군대의 업화를 ~

후드득 후드득.

성곽 처마 밑으로 부슬비가 떨어지기 시작했다.

모닥불이 꺼진 고즈넉한 밤. 제노비아의 아름다운 하프 연주소리만이 마법처럼 어둠 속을 채우고 있었다.

나는 양가죽을 뒤집어 올렸다. 졸음이 밀려왔다. 흐린 시야 저 너머, 제노비아의 주위로 광채가 모여드는 게 보였다. 몸이 따듯해져 왔다.

때는 세계력 6,038년(서력 530년) 7월.

카르타고 왕성을 탈출한 지 어언 한 달여 만에, 우리는 드디어 티로스[70]에 입성했다.

"저기 보이는 섬이 티로스. 고향 카르타고를 건설한 디도의 고향이다."

페니키아인 바르카가 감회에 젖은 목소리로 손가락을 가리켰다.

티로스는 리반[71] 산맥과 지중해 사이 좁은 회랑에 자리 잡고 있었는데, 육지에서 조금 떨어진 섬에 성벽으로 둘러싸인 성새도시였다. 마치 그 모습이 바다에 떠 있는 거대한 요새와도 같았다.

70　현재의 레바논 남서부 티레(Tyre)로 페니키아인이 세운 세계에서 가장 오래된 도시 중 하나

71　레바논 중부 지중해 연안을 따라 이어진 산맥

나는 티로스 너머 수평선을 응시했다. 정말 멀리도 왔다. 몇 개의 바다를 건너야 까마득한 카르타고 땅에 닿을 수 있을까?

"여기가 티로스로 들어가는 관문이야."

섬으로 연결된 폭 8미터 넓이의 제방 앞에서 멈춰 서서 제노비아가 말했다.

제노비아에 따르면, 제방은 그 옛날 알렉산드로스 대왕이 난공불락의 요새도시를 함락할 때 육지로부터 쌓은 것이라고 했다.

"갈림길이기도 하군."

월영이 중얼거렸다.

티로스로 들어가는 관문은 되돌아가는 자에겐 종착지였지만, 앞으로 향하는 자에겐 새로운 여행의 출발선이기도 했다. 어떤 길을 가든 그 선택은 각자의 몫으로 남겨졌다.

월영의 목적지는 콘스탄티노플이었다. 그는 레반트 지역을 육로로 돌아 아나톨리아[72] 땅 끝까지 올라간 후, 보스포루스[73] 해협을 건널 생각이었다.

'콘스탄티노플로 오렴! 네가 상자라면 콘스탄티노플은 그 상자를 여는 열쇠야. 네가 알아야 할 많은 것들이 이곳에 잠들어 있으니까.'

나는 문득 미네르바의 편지를 떠올리며 월영에게 물었다.

"헤어지는 마당에 한 가지 물어봐도 될까? 그…… 콘스탄티노플로 향하는 이유 말이야."

---

72   현재의 터키령 소아시아 반도
73   터키 이스탄불 앞바다인 마르마라해와 흑해를 연결하는 좁은 해협

잠시 생각에 잠겼던 월영이 어깨에 멘 월광도를 만지작거리며 대답했다.

"죽여야 할 놈이 하나 있다."

나는 더 이상 묻지 않았다. 그의 공허한 눈빛은 살기보다는 고독에 가까웠다.

그렇게 월영은 떠나갔다. 지평선에서 완전히 사라질 때까지도 그는 끝내 되돌아보지 않았다. 매정한 놈이라 욕했지만, 한편으로 생각하면 그게 월영다웠다.

바르카는 오프리스의 등에 실은 짐을 점검하고 있었다. 그는 곧 짐주머니에서 체인 갑옷과 투구를 꺼내들었다. 이제부터 과거에 그랬던 것처럼 무장 상인으로 돌아갈 모양이었다.

바르카는 이대로 곧장 안티오크[74]까지 올라갈 참이었다. 안티오크 항구가 해안에서 유프라테스 강[75]까지의 거리가 가장 짧은 지점이었다. 유프라테스 강에 이르면, 거기서부터는 대상의 도로를 따라 동쪽으로 가면 된다. 페르시아를 지나 파미르[76] 고원을 넘어 카슈가르[77]까지 이어지는 실크로드의 주인이 되는 것이다.

"이번에 돌아올 땐 꼭 인도에서 배를 타고 홍해로 들어올 거야."

형이 웃었다. 생사를 장담 못하는 길을 떠나는 자의 웃음은 아니었다.

---

74 현재의 안타키아로 시리아 국경 부근에 위치한 도시
75 티그리스 강과 함께 세계 4대 문명 발상지 중 한 곳
76 중앙아시아 남동부의 고원지대로 세계의 지붕이라 불리며, 천산산맥, 히말라야 등 험준한 산맥과 연결된 실크로드의 중심에 위치해 있다.
77 중국 신장성 위구르 자치구에 있는 실크로드의 요지

바르카! 그는 내게 친형이나 진배없는 존재였다.

나와 바르카는 주먹을 서로 맞부딪쳤다.

"건강해라!"

마지막 말을 남기고 바르카는 낙타 오프리스의 등에 올라탔다. 떠나는 그의 등을 눈으로 지키며 생각했다. 언제가 될까? 내게 세상을 가르쳐 준 스승 같은 형제를 다시 만날 날은.

두 명의 동료를 떠나보냈다. 이제 메렐레인을 배웅할 차례였다. 로마땅 끝단의 브린디시까지 가는 호위는 시구르손과 제노비아가 맡기로 했다.

우리는 티로스로 들어가는 관문으로 발길을 옮겼다.

선착장에는 먼저 도착한 니오르드호가 기다리고 있었다. 시구르손이 반가이 손을 흔들었고, 곧 니오르드호에서 탑승용 사다리가 내려왔다.

메렐레인, 엘리사, 제노비아가 맞은편에 섰고, 나와 루카가 반대편에 섰다. 보내는 자와 떠나는 자의 행렬이 둘로 갈린 것이다. 낫에 베인 것처럼 가슴 한편이 시려 왔다.

엘리사가 내 쪽으로 슬그머니 걸어 나왔다. 엘리사는 손으로 얼굴을 가리고 있었다. 나는 그녀의 손을 억지로 잡아떼며 말했다.

"웃어야지!"

엘리사가 기어이 울음보를 터뜨렸다. 제노비아가 울음을 멈추지 않는 엘리사를 부축하고 니오르드호로 올라가자, 메렐레인만이 남았다.

짧은 시간이었지만 돌이켜 보면 그녀와 함께했던 매순간은 계절의 변화처럼 더뎠다. 무슨 말을 해야만 하는데, 머릿속이 전쟁터가 되어 버렸다. 뭔가를 갈망하는 마음, 더디기만 한 심장, 다급하게 뒤엉켜 버리는 생각들, 무지 속에서 길을 더듬듯이, 내 안의 모든 것이 엉망이 되어 있었다.

뚜벅뚜벅. 그녀가 다가왔다.

뒷짐을 쥔 그녀가 나를 중심으로 천천히 원을 그리며 걷기 시작했다. 한 바퀴, 두 바퀴, 세 바퀴. 한 뼘 남짓한 그녀의 궤도 안에서 나는 우두커니 서 있었다.

걸음을 멈춘 그녀가 다소곳이 두 손을 앞으로 모으고 내 앞에 섰다. 초록빛 호수 같은 그녀의 두 눈이 깊이를 모르게 들여다보였다. 그 눈빛은 잔잔하면서도 무한히 맑았다.

"우리 가끔씩 같은 하늘을 바라봐요. 해가 지고 해가 뜨듯, 내 마음은 항상 당신 주위를 맴돌 테니까."

그녀가 노을빛 하늘로 천천히 얼굴을 돌렸다.

뚜벅뚜벅.

계단을 오르는 그녀의 한 걸음 한 걸음은 내 조각난 심장의 균열 속으로 천천히 메아리쳐 사라져 갔다.

니오르드호는 잠시 휴식을 취한 뒤 브린디시 방향으로 직행할 계획이었다. 루카와 나는 가까운 여인숙을 찾았다. 티로스에서 하루를 묵고, 다음 날 알렉산드리아로 가는 선편을 알아보기로 했다.

"한 잔 할래?"

루카가 맥주를 들고 왔지만, 나는 손을 저었다.

털레털레 2층 침실로 올라간 나는 그대로 침대 위로 고꾸라졌다. 시간이 지나면 좀 괜찮아질 줄 알았는데, 혈관을 타고 냉기가 심장으로 흐르는 느낌이었다.

나는 한동안 이불에 얼굴을 파묻고 시체처럼 뒹굴었다.

"일어나 봐!"

아까부터 계속 문간에 서 있던 루카가 입을 열었다. 하지만 나는 대꾸하고 싶지 않았다.

"일어나 보라니까!"

루카가 재차 말했다.

'젠장' 하고 욕지거리를 뱉어 내며, 루카가 뭔가를 내 머리맡에 던졌다.

"전해 달랬어, 그녀가."

나는 무거운 고개를 들었다. 머리맡에 구르는 건 파피루스 두루마리였다. 나는 파피루스를 집어 천천히 끄나풀을 풀었다.

잠시 후, 나는 자리를 박차고 일어났다.

루카가 나를 가로막고 섰다. 그의 눈에서 작은 불꽃이 일었다. 루카의 눈은 아니라고 말하고 있었다.

짧은 시간 동안 많은 생각이 교차했다. 운명은 내게 선택을 강요했다. 지금 여기서 나가는 순간, 이 녀석들은 내 과거가 되고, 다음에 볼 때는 서로 칼을 겨눌지도 모르는 일이었다.

"비켜."

나는 조용히 내 의지를 루카에게 전했다.

친구의 표정이 천천히 일그러졌다.

"우릴…… 버릴 거냐? 카카르."

"……."

잠시 고뇌에 찬 눈빛으로 쳐다보던 친구가 깊은 한숨을 쏟아 내며 말했다.

"하긴……. 사람의 손으로 어찌할 수 없는 게 운명이지. 애초에 우릴 이 세상으로 이끈 게 우리 잘못이 아니듯이."

나는 루카를 향해 고개를 끄덕였다.

"이것으로 우린 이제 적이다."

루카의 말에 나는 부정도 긍정도 하지 않았다. 루카는 모든 걸 포기한 듯 쓴웃음을 지으며 말했다.

"잘 가라고. 더 큰 세상으로…… 친구!"

벗의 쓸쓸한 눈빛을 뒤로 한 채 나는 창문으로 몸을 던졌다. 두어 바퀴 지붕을 구른 후, 지면에 착지한 나는 선착장을 향해 뛰기 시작했다. 손에 쥐고 있던 파피루스 두루마리도 놓쳐 버렸지만, 상관없었다. 이번에 놓치면 나는 평생을 후회 속에서 살아갈지도 모르는 일. 나는 미친놈처럼 앞으로 앞으로 내달렸다.

메렐레인이 내게 남긴 편지의 내용은 이러했다.

'다시 홀로 서는 여행이 시작된 것 같군요. 하지만 전과 같진 않을 거예요. 아마 나는 스스로 배워 가겠죠. 이 위험한 시기에 사람을 믿는 법을, 도적떼 사이에서도 잠드는 법을 당신 없이도 알아 가겠죠. 무덤처럼 침묵해야 할 내 진실의 일부를 당신의 기억 속에 봉인해 주세요.

내 진짜 이름은 아말라스빈타. 고트 왕국의 왕녀입니다. 아우스트라시아[78]의 패왕 클로비스[79]의 손녀이자, 동고트인의 왕 테오도리쿠스의

---

78 현재의 프랑스 동북부 메츠
79 메로빙거 왕조의 창시자로 전 프랑크족을 통합해 프랑크 왕국의 초대 왕이 된다. 프랑크 왕국이 갈라져 각각 현재의 독일과 프랑스가 된다.

딸이 바로 당신이 아는 메렐레인의 정체입니다. 나는 지금 거짓의 왕국으로 향하려 합니다.

그곳은 공포와 죄악이 자리 잡고 있답니다. 사랑하는 백성들이 죽음의 뱃속으로 삼켜지는 곳. 나는 그곳에서 나의 왕국을 되찾으려 합니다. 다시는 태양이 저무는 것을 두려워하지 않아도 되는 나라, 전쟁터로 끌려간 아이를 파묻는 어미의 슬픔을 알지 못하는 나라. 그런 나라를 만들려고 해요.

나의 가장 경외하는 친구. 카카르!

잿더미 속에서 새로이 쌓아 올릴 내 미래는 늘 당신과 함께할 겁니다. 당신을 묶어 두기엔, 내 용기도 양심도 한없이 작군요. 그럼에도 불구하고 나는……

'항상 당신이 필요했습니다.'

니오르드호는 아직 떠나지 않았다.

나는 안다. 누군가에게로 향한다는 건, 누군가에게는 등을 돌리는 일이란 걸. 하지만 삶이란 때로는 선택할 수 있는 게 아니다. 운명처럼 주어지니까.

내 여행은 결코 평탄치는 못할 것이다. 발아래 따뜻한 모래를 느끼고, 한낮의 햇살 아래 꾸벅꾸벅 졸 수 있는 자유와 그 평온함을, 이제 다시는 얻지 못할 거란 걸 안다.

내 이름은 카카르 세겐.

나는 순례자이며, 내가 만들 전설은 이제부터 시작이다.